D0873951

SKELETON CREEK

LE CRÂNE

Design : Christopher Stengel
Illustrations : Joshua Pease et Squire Broel
Ouvrage originellement publié
par Scholastic Inc. (New York - USA)
sous le titre *Skeleton Creek - The Crossbones - Ryan's Journal*
© 2010, Patrick Carman - PC Studio, Inc.
© 2011, Bayard Éditions pour la traduction française
18, rue Barbès, 92128 Montrouge
ISBN : 978-2-7470-3705-1
Dépôt légal : novembre 2011
Première édition

PC STUDIO

PATRICK CARMAN

SKELETON CREEK

LE CRÂNE

Traduit de l'anglais (US)
par Marie-Hélène Delval

bayard jeunesse

Pour JT, Josh et Ben. Il m'aurait été impossible de raconter l'histoire de Ryan sans eux. Merci à David Levithan, Jeffrey Townsend, Joshua Pease, Benjamin Apel et Eric Rhode.

Lundi 20 juin, 4 h 30

Il y a deux ou trois jours, je suis passé près d'une voiture en stationnement. Je ne sais pas à qui elle appartenait, mais un autocollant bleu était appliqué de travers sur le coffre : « Que tu sois parano n'empêche pas qu'on veuille réellement te faire la peau. »

Je n'avais jamais rien lu d'aussi juste.

Lundi 20 juin, 4h33

Quelqu'un ou quelque chose veut ma peau. Ce je-ne-sais-quoi s'est échappé de la drague abandonnée pour disparaître je ne sais où.

C'est furtif, c'est en colère, et ça me cherche.

Voilà le genre de pensées auxquelles je me laisse aller au beau milieu de la nuit. Mauvaise habitude !

Ça veut ma peau.

Il fut un temps où je mettais ces idées noires sur le compte de mon penchant pour la lecture et l'écriture d'histoires d'horreur. (Remarque personnelle : écrire désormais des histoires de licornes et de petits lapins.) Ça me paraissait logique : après avoir lu un roman de zombis, je rêvais de morts-vivants qui perdaient leurs bras en marchant. Quand j'avais inventé une histoire de fantômes, je m'attendais à voir un visage spectral apparaître derrière ma fenêtre.

Heureusement, j'ai grandi. J'ai acquis du bon sens et de l'humour. Je suis maintenant capable de faire face au pouvoir de ma propre imagination.

Sauf que cette menace-là est réelle.

Je vais le prouver. Vous verrez.

Sinon, que diriez-vous d'une histoire de lapin géant et de licorne borgne? Attendez une minute...

Lundi 20 juin, 4h45

Me revoilà! Sans avoir écrit une ligne! Il arrive que l'idée d'une histoire soit meilleure que l'histoire elle-même. C'est le cas avec la licorne borgne et l'homme-lapin de sept pieds de haut. Mais l'humour noir est la noire potion qui apaise mes peurs, qui m'empêche de crier, seul dans la nuit.

Poursuivons...

Je ferais bien de récapituler depuis le début les événements qui m'ont mis dans ce pétrin. De toute façon, c'est un bon exercice d'écriture.

D'abord, la version abrégée:
Vu un fantôme, trouvé de l'or, sauvé ma ville.

Puis une version un peu plus développée:
Sarah, ma meilleure amie, et moi avons vu un fantôme. Celui d'un certain Joe Bush. Les bois près de chez moi abritent une drague aban-donnée; elle était hantée par ce fantôme et gardée par une société secrète, le Crâne. Mon

8

père était membre du Crâne, et je continue de m'interroger sur ce qu'il savait réellement. Un individu dont je tairai le nom — on s'interdit de le prononcer, ici, à Skeleton Creek — a tout fait pour tenir les gens éloignés de la drague, jusqu'à jouer le rôle du fantôme de Joe Bush. C'est ce qui l'a rendu fou, j'en suis convaincu. Après une longue enquête, et au prix d'une jambe brisée – la mienne –, Sarah et moi avons fini par comprendre pourquoi : le plancher de la drague était truffé d'or ; il y en avait pour quarante millions de dollars. Le secret de la cachette était perdu depuis longtemps. Grâce à cette découverte, on nous a tout pardonné : nos mensonges éhontés, nos échanges d'informations dans le dos de nos parents, notre comportement irresponsable, nos imprudences qui ont bien failli nous coûter la vie. Suite à ça, celui dont je dois taire le nom a disparu, emportant avec lui le fantôme de Joe Bush et la société du Crâne.

Je ne sais pas pourquoi j'écris ça au milieu de la nuit. Peut-être pour tenter de chasser l'impression que le vieux Joe Bush est en bas de chez moi, plus spectral que jamais, en train de s'interroger : doit-il arracher la porte d'entrée de ses gonds ? Ou passer tranquillement à travers le mur pour venir planer au-dessus de mon lit ?

Bon, je ferme les yeux.

Non, je ne peux pas. Je ne peux pas me rendormir. Je peux seulement essayer de penser à autre chose.

À de mignons petits lapins, par exemple.

D'habitude, je me sens mieux le matin, comme si la lumière du jour recouvrait mes peurs d'une couche de poussière. Elles restent alors enterrées jusqu'au crépuscule.

L'été est arrivé, j'ai un peu d'argent, et j'aime les œufs au plat avec des pommes de terre sautées. Voilà ce qui m'a conduit hors de ma chambre jusqu'au café, sur Main Street. Ayant vidé mes poches sur la table éraflée, j'ai constaté qu'en fait, ma situation financière est pathétique : douze dollars et cinquante-cinq cents. Et pas d'autre rentrée d'argent avant vendredi.

Pourquoi suis-je aussi fauché alors que j'ai une montagne de fric à la banque ?

Bonne question.

La municipalité s'est attribué la plus grande partie de l'or que Sarah et moi avons trouvé, ce qui est normal, je suppose. Ce qui l'est moins ? La part que j'ai reçue a été placée. Je ne pourrai pas y toucher avant mes dix-huit ans, autant dire dans un million d'années.

Ça signifie que mon statut social a baissé depuis que j'ai sauvé la ville de la ruine. N'importe qui d'autre, à Skeleton Creek, conduit désormais un camion flambant neuf, retape sa maison ou se fait livrer une télé à écran géant. Ou les trois.

Ces folles dépenses sont dues à la générosité du maire, M. Blake, qui a alloué à chaque famille — y compris la mienne — la somme de cent mille dollars. Il a appelé ça « un stimulant », et a encouragé chacun à dilapider son pactole le plus rapidement possible. C'est un sacré baratineur, le maire. Faut-il transformer la drague en site d'attractions hanté ou en maison d'hôtes pour touristes ? Il rabâche cette question à n'en plus finir. Ça laisse les gens perplexes et les incite à faire n'importe quoi, comme dépenser mille dollars d'un coup.

Même après qu'on nous a donné, à Sarah et à moi, une jolie somme, il restait encore plus de dix millions. Des quantités de gens briguent le titre de maire, rien que pour avoir le droit de décider de leur utilisation. La population de la ville est passée de sept cents à sept cent quatorze habitants : une véritable révolution !

Assis à ma table, sirotant une tasse de café, je laisse mes pensées revenir à Sarah. Autrefois, on commençait l'été en imaginant les meilleurs plans pour se fourrer dans le pétrin. Cette année, je pensais que ce ne serait pas possible, parce que Sarah est partie.

Ses parents ont profité de l'argent reçu pour prendre la fuite. Ils ont mis leur maison en vente le jour même où le chèque a quitté le bureau du maire. Ai-je le droit de le leur reprocher ? Sans doute que non. Skeleton Creek est toujours une ville morte, et leur fille et moi ne leur avons pas vraiment fourni de bonnes raisons d'y rester. Avoir pris le risque de nous faire tuer tous les deux n'était pas un argument très convaincant. Ça ne m'étonnerait pas que ses parents et les miens en aient discuté en secret.

Mon père : « L'un de nous devrait déménager avant qu'il n'arrive malheur à nos enfants. »

Le père de Sarah: « J'ai de la famille à Boston. Je pourrais trouver du travail là-bas. »

Mon père: « J'aimerais ouvrir une boutique de pêche ici, tenter le coup... »

Le père de Sarah: « OK, je vais en parler à ma femme. »

Je parie que ça s'est passé comme ça. Et un panneau À VENDRE a été placardé sur la maison des Fincher.

Ensuite, mes rapports avec Sarah n'ont plus été les mêmes. On a échangé des mails et bavardé au téléphone, mais les messages se sont vite réduits à quelques lignes.

Trois mois après son départ, j'ai reçu un mot qui ressemblait au début de la fin.

Salut Ryan,

J'ai été acceptée à un stage de cinéma à l'UCLA. Cet été, je vais donc séjourner pendant trois semaines sur la côte Ouest. Mais je ne passerai pas à Skeleton Creek. Je suis trop contente d'avoir quitté ce bled.

Tire-toi d'ici, toi aussi, ou tu vas en crever. Conseil d'amie!

S.

L'Université de Californie à Los Angeles !
Rien que ça ! Voilà bien le genre de mail dont
je n'avais pas besoin. Non seulement Sarah avait
échappé à Skeleton Creek, mais en plus, elle me
plaignait. Quelle gifle !

Pourtant, elle me manquait. Elle avait
toujours pris beaucoup de place dans ma vie ;
désormais, cette place était vide. Le printemps
et l'été à venir me paraissaient sans but.
Je m'apercevais que nos plans n'étaient jamais
vraiment nos plans. C'étaient ses plans.

Je ne savais pas quoi faire de ces journées
qui allaient s'étendre devant moi. J'avais le
sentiment obsédant qu'une seule chose pourrait
nous rapprocher.

Notre amitié a toujours trouvé ses bases dans
l'excitation du danger et des secrets. Même
quand on était petits, il fallait qu'on fouine
dans le dos des gens. Skeleton Creek est une
ville de péquenauds, et on ne trouvait rien de
mieux à faire que de les monter les uns contre
les autres.

Cette époque était bien finie.

À moins qu'il n'arrive quelque chose.

À moins que ce qui nous avait séparés ne soit assez puissant pour nous réunir de nouveau.

À moins que le fantôme de Joe Bush ne revienne.

Lundi 20 juin, 9h40

C'était une idée idiote, je le savais.

Il n'y avait plus de fantôme, tout le monde le disait. Il n'y en avait jamais eu.

Mais, dans ce cas, pourquoi est-ce que je sentais sa présence ?

S'il avait disparu, d'où me venait la certitude qu'il était encore là ?

Lundi 20 juin, 9h45

J'en jurerais, la serveuse a essayé de lire par-dessus mon épaule.

J'en ai assez de me sentir sans cesse espionné !

La drague est toujours là, dans les bois, fidèle à elle-même. Je ne suis plus jamais retourné dedans. Elle plaît aux touristes, et le maire en ferait bien un lieu d'attractions, du style « maison hantée ». C'est une très mauvaise idée, à mon avis, et je ne me suis pas privé de le lui dire. Mais qui écoute un garçon de seize ans, même s'il a sauvé la ville ?

Encore une tasse de café, et il me restera un peu de temps avant d'aller ouvrir la boutique de pêche. Assez pour mettre par écrit ce que j'ai découvert, cette fameuse nuit, sur la drague. Je ne parle pas de la colossale masse d'or, entassée secrètement dans le plancher par Joe Bush avant qu'il finisse emporté par les engrenages et noyé dans l'eau boueuse. Il s'agit d'autre chose, quelque chose de beaucoup plus petit et, probablement, de beaucoup plus dangereux.

Les dernières images que Sarah a filmées montrent une enveloppe tombée sur le sol. L'un des mystères de la drague — qui pourrait inciter les gens à continuer de la croire hantée –, c'est que personne n'a retrouvé cette enveloppe. Elle a disparu. Comme si elle n'avait jamais existé.

Quand on m'interroge sur ce sujet, je me contente de hausser les épaules.

Je ne veux plus mentir, pourtant je suis incapable de répondre : « L'enveloppe ? C'est moi qui l'ai. Il fallait bien que quelqu'un mette un terme à ce cauchemar. »

Oui, je l'ai prise. J'ai profité de la confusion pour la glisser dans ma poche, et je n'en ai parlé à personne, pas même à Sarah. Je l'ai cachée au fond d'un tiroir de mon bureau et je me suis efforcé de l'oublier. J'espérais que, si j'ignorais son existence, elle perdrait de son pouvoir. Qu'elle se racornirait peu à peu comme un vieux trognon de pomme.

Mais elle ne s'est pas racornie. Elle a pris de plus en plus de place dans mon esprit. Au bout de quelques mois, je n'en pouvais plus. Sa voix semblable aux chuchotements des morts-vivants qui hantent les vieux murs harcelait mon cerveau.

« Devine ce que je renferme ! » me susurrait-elle.

Nuit après nuit, je suis resté allongé dans le noir, à m'interroger, jusqu'à ce que ça devienne intolérable.

Il était 2 heures du matin la nuit où j'ai ouvert mon tiroir pour en sortir cette maudite enveloppe. Un orage lointain roulait derrière la montagne. J'ai regagné mon lit en hâte pour me blottir sous la couette. Je sentais sur moi le regard maléfique de Joe Bush. Était-ce lui qui me guettait derrière le carreau ? J'aurais juré qu'il y avait quelque chose, à la fenêtre de ma chambre au premier étage, une créature dont le souffle glacé embuait la vitre.

J'ai déchiré l'enveloppe, son contenu est tombé dans ma main. Une carte à deux faces, qui ne peut être que l'œuvre d'un fou.

Au recto, une image que j'ai appelée :
LE CRÂNE.

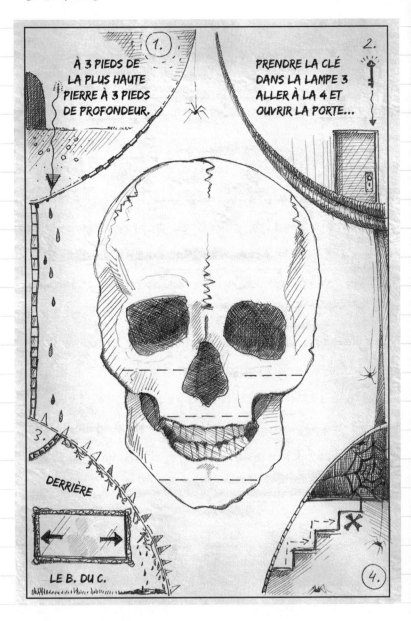

Au verso, une carabine, une pierre tombale
et une maison.

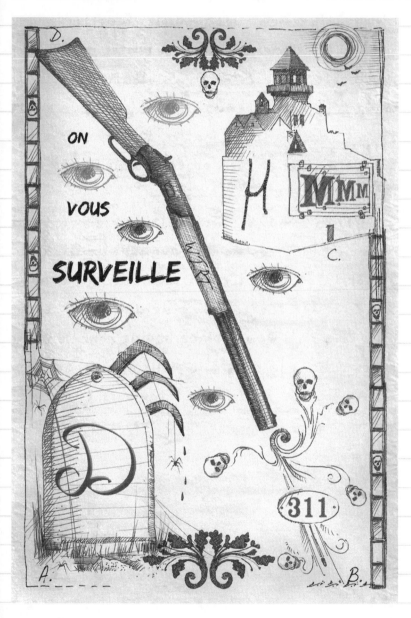

J'ai nommé le tout LE RÉBUS DU CRÂNE. Une tête de mort, une pierre tombale, une carabine : uniquement des symboles funestes.

J'ai passé des semaines à tenter de déchiffrer ces énigmes. Aucun résultat. Zéro. J'ai exploré Internet pendant des heures, la nuit. En me réveillant un matin, j'ai dû admettre que j'étais bel et bien obsédé par le mystère de l'enveloppe.

J'aurais mieux fait de la laisser au fond de mon tiroir, comme j'en avais l'intention. Ou plutôt là où je l'ai ramassée, dans la drague abandonnée. Le fantôme de Joe Bush serait peut-être sorti de sa tombe liquide pour l'enfouir avec lui dans la boue à laquelle elle appartient.

Au lieu de ça, elle est toujours entre mes mains.

J'ai fini par prendre une décision : j'allais la remettre à sa place. Cet objet était maudit ; si je le conservais, je deviendrais fou. Au mépris de toute sagesse, je me suis enfoncé dans les bois et j'ai refait seul le long chemin jusqu'à la drague. Mais, arrivé devant le bâtiment au beau milieu de la nuit, je n'ai pas pu me résoudre à y entrer. Pris de panique, j'ai traversé les bois dans l'autre sens en courant, le visage fouetté par les branches basses ; j'ai regagné ma chambre et me suis effondré sur mon lit.

Comprenez-moi : j'ai failli mourir, là-bas. Y retourner est trop éprouvant.

En allumant mon ordinateur dans l'espoir absurde d'y trouver un peu de réconfort, j'ai eu le pressentiment que j'allais trouver un message de Sarah. Nos deux esprits doivent être mystérieusement connectés, je ne vois pas d'autre explication.

Riez si vous voulez, mais j'ai ressenti une véritable terreur, devant la drague. Une terreur semblable à celle de Sarah la nuit où elle a vu le fantôme de Joe Bush pour la première fois. Ma peur, si proche de la sienne, a dû l'alerter.

Les mails sont totalement dépourvus de matérialité. Pourtant, celui de Sarah a laissé sur moi une empreinte qui ne s'effacera jamais.

Salut Ryan,

J'ai rêvé que tu étais à la drague sans moi, et ça m'a rendue triste. Tu me manques. Nos secrets me manquent. Il y a sûrement quelque chose à faire pour ranimer la flamme. Mais quoi ?

S.

Je lui ai répondu aussitôt :

Sarah,

Je sais comment ranimer la flamme. N'en parle à personne, surtout pas à tes parents.

R.

J'ai ajouté en pièces jointes les images des deux faces de la carte. Neuf minutes plus tard, j'avais un nouveau message. Nous avons passé le reste de la nuit à échanger des adresses de sites et à chuchoter dans nos portables. Au lever du soleil, nous avions passé cinq heures en communication ininterrompue.

Nous étions de retour.

Lundi 20 juin, 10 h 18

On a assez vite progressé, je l'expliquerai dès que j'en aurai le temps, documents à l'appui.

Sarah m'a envoyé une nouvelle vidéo. Même site, même style de mot de passe qu'autrefois. Mais le contexte a changé; il faudra que je m'y habitue. Sarah ne veut plus apparaître sur ses films. Je le regrette, mais je la comprends. Rien n'est protégé, sur Internet, trop de vidéos y circulent; elle se sent plus à l'aise en restant derrière la caméra. Mais ce n'est pas la seule raison.

L'autre raison, c'est que Sarah a peur, elle aussi.

Il y a des gens par qui elle ne veut pas être vue.

Cette première vidéo de Sarah est un récapitulatif troublant de ce qui nous est arrivé. Si je disparais un jour et que vous tombez sur ce journal, autant que vous sachiez ce qui s'est passé à la drague et ce qu'est la société du Crâne. Croyez-moi, c'est important. Même si vous êtes déjà au courant, le film mérite le coup d'œil.

Ne le regardez pas dans le noir.

Restez sur vos gardes.

sarahfincher.fr
Mot de passe :
MADAMEVEAL

Dès que j'ai eu ce mot de passe, je l'ai tapé sur Google et j'ai trouvé le texte d'une nouvelle intitulée : « Relation fidèle de l'apparition d'une certaine Mme Veal ». Qui aurait cru que Daniel Defoe, l'auteur de « Robinson Crusoé » (un de mes romans préférés), avait écrit une histoire de fantôme ? Dans cette nouvelle, l'héroïne voit une femme se promener le lendemain de sa mort. Ce n'est pas un récit très effrayant, mais ce qui le rend intéressant, c'est qu'il est tiré d'événements réels.

Voir relatée en trois minutes la totalité de notre aventure, c'était comme regarder ma vie entière défiler devant mes yeux. Ça n'a duré que quelques semaines. Or, cela représente, me semble-t-il, l'essentiel de mon existence. Certains souvenirs brûlent en moi pour toujours, tandis que d'autres se dispersent telles des cendres dans le vent.

Cette synthèse des événements m'a donné une certitude : ce qui s'est passé ces jours-là n'était que le commencement.

Lundi 20 juin, 17h46

Je viens de terminer ma journée de travail. Ce job d'été est une bonne occupation, tout bien considéré.

Mes parents ont placé la moitié de l'argent qu'ils ont reçu; le reste, ils l'ont investi dans l'ouverture d'une boutique d'articles de pêche. J'y suis employé pour une rémunération bien au-dessous du salaire minimum, avec un autre garçon, Sam Fitzsimons (surnommé Fitz). Mon père me répète que, si ma paie est inférieure à celle de Fitz, c'est parce que je suis logé, nourri et blanchi. Cette escroquerie caractérisée est sûrement illégale, mais je dois me contenter de ce qu'on me donne.

En vérité, l'idée d'embaucher Fitz vient de moi. Mon père m'a poussé à m'inscrire au rugby en octobre, et on m'a aussitôt placé dans le groupe des nuls. À quelque chose malheur est bon : j'ai fait la connaissance d'un type aussi inapte au sport que moi. On a traîné ensemble sur les gradins en parlant inlassablement de pêche. Quand j'ai enfin arrêté le rugby, j'ai harcelé mon père pour qu'il embauche le garçon qui m'avait tenu compagnie pendant ces longs mois d'hiver.

« Est-ce qu'il sait monter une mouche et lancer une ligne? » C'est la seule question que mon père m'a posée. J'y ai répondu avec conviction par l'affirmative. Fitz est un dingue de pêche, et mon père cherchait un gars du pays, expérimenté, et qu'il ne paierait pas cher. Mon copain avait le profil. Comme tous les montagnards de seize ans, Fitz est un as de la canne à pêche et du fusil de chasse, un adepte de la vie en plein air. Moins économique que lui, il n'y avait pas, d'autant qu'il prévoyait de dépenser à la boutique la majeure partie de son salaire. C'était tout bénéfice pour son employeur.

Quelques précisions sur Fitz :

Il habite un mobil-home avec son père, à l'extérieur de la ville. Son père est bûcheron, ce qui explique pourquoi il est divorcé. (Leçon à retenir : les femmes ne supportent pas longtemps les hommes des bois sans le son qui se lavent deux fois par mois.)

Fitz circule sur une vieille motocyclette rafistolée avec du chatterton et du fil de fer, et ne porte jamais de casque. On ne voit pas beaucoup de policiers, dans le coin. De toute façon, s'il y en avait, ils ne se soucieraient pas d'un jeune qui roule sans casque. Ça fait partie du paysage, à Skeleton Creek.

La motocyclette de Fitz marche au gasoil, si bien qu'on le sent arriver de loin. Je lui ai assuré que l'odeur ne me dérangeait pas ; il n'accepte pas pour autant de me la prêter. Un de ces jours, je lui faucherai ses clés pour aller faire un tour, parce que c'est vraiment un chouette engin.

Fitz ne parle presque que de chasse et de pêche, ce qui est un peu soûlant à la longue. C'est un excellent monteur de mouches, et, contrairement à moi, il est sociable. (À moins d'y être obligé, j'évite de discuter avec des inconnus.) J'ai une crainte : que mon père l'envoie la plupart du temps accompagner les

touristes à la pêche, et me laisse garder la boutique. Si c'est le cas, je finirai par assassiner
Fitz, car je ne supporte pas qu'on me décrive des
parties de pêche auxquelles je n'ai pas participé.

C'est l'heure, je vais descendre dîner.
Ensuite, je raconterai comment Sarah et moi
avons malencontreusement fait revenir un fantôme et une société secrète dans nos vies.

Lundi 20 juin, 22 h 15

Me voilà enfin de retour, après avoir dîné, puis avoir accompagné Fitz et mon père à la rivière. Fitz a attrapé un véritable monstre. En dehors de ça, c'était le calme plat, et j'en avais ma claque. J'avais la tête ailleurs.

J'aimerais raconter à Fitz ce qui se passe ici. Ce qui se passe vraiment. Mais on n'en est pas encore là. Pas plus qu'avec mes autres copains, ceux avec qui je me balade, joue à des jeux vidéo ou parle du lycée. Des amis à qui je peux tout dire? Je n'ai que Sarah, et encore. Ce qui explique sans doute pourquoi je passe tant de temps à écrire dans ce journal. C'est plus facile que de partager les choses avec des gens.

Il faut que je reparte en arrière, que je retranscrive les faits qui m'ont mené là où j'en suis aujourd'hui. En vérité, je me demande encore comment c'est arrivé.

Trois semaines s'étaient écoulées depuis que j'avais envoyé le Rébus du Crâne à Sarah. Ses mails étaient pleins de : « Ça signifie peut-être ceci, ça signifie peut-être cela. » Comme toujours, elle prenait la tête des opérations.

Or, tandis que j'écris ces lignes, Sarah quitte Boston au volant de sa voiture.

À cause du Rébus du Crâne.

Je sais, c'est dingue.

Voilà comment ça s'est passé :

Donc, environ trois semaines après avoir reçu le rébus, Sarah a trouvé une première piste. J'avais examiné ces images pendant des mois, sans rien comprendre à ce curieux assemblage de chiffres, de lettres et de dessins. Mais le père de Sarah est chasseur, le mien ne l'est pas. C'est de là qu'est venu le déclic qui est en train de mettre nos vies en l'air.

Salut Ryan,

J'ai réfléchi à la carabine, à ce mot sur le barillet – Wirt. J'ai épluché tous les catalogues d'armes de chasse et j'ai noté les noms des fabricants. Ryan, « Wirt », ça renvoie à « Winchester ». J'ai centré mes recherches sur le fondateur de la marque, Oliver Winchester ; ça m'a menée à une impasse. Mais devine quel est le nom de son fils... William Wirt Winchester ! On sait maintenant que cette carabine est une Winchester. Super, non ? OK, ce n'est pas grand-chose, mais c'est déjà ça.

S.

Quand j'ai reçu ce mail de Sarah, j'avais le rébus en ma possession depuis un bon moment. Je l'avais scanné en séparant chaque élément.

Voici la carabine :

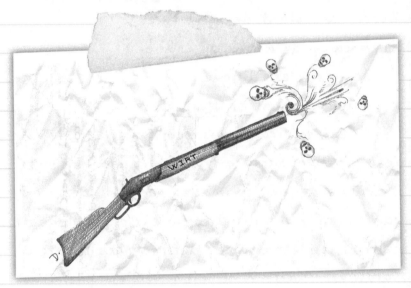

Je n'aime pas les armes à feu, celle-ci pas plus que les autres. J'ai fait des recherches sur Internet au sujet de William Wirt Winchester, et avant la fin de la nuit, je savais sur quoi j'avais mis la main. Sarah et moi le savions. Nos échanges de mails se sont accélérés à mesure que nous progressions. On était comme des promeneurs perdus dans la forêt qui viennent de retrouver leur chemin.

Sarah,

As-tu découvert ça? William Wirt Winchester a été marié
– tiens-toi bien! – à une dénommée Sarah! C'est fou, non?
D'ailleurs, elle l'était, folle. Elle pensait qu'une malédiction
s'était abattue sur sa famille. Peut-être parce qu'elle avait
perdu une petite fille peu après sa naissance. À la mort de
son mari, elle était richissime. Pendant la guerre civile, elle
possédait la moitié de l'entreprise Winchester. Tu imagines
combien d'armes elle a pu vendre? Attends une minute, j'étu-
die la question.

Ryan

Ryan,

La Maison Winchester est à San José, en Californie. Très bizarre,
encore pire que notre drague hantée. J'adore! Sarah Winchester
a commencé à la bâtir après avoir hérité de tout cet argent, et elle
n'a jamais cessé de l'agrandir. Elle voulait que sa demeure ait
assez de chambres pour loger tous les esprits des gens tués par
une Winchester. Tu imagines?! Il aurait fallu un bâtiment aussi
vaste que la ville de Mexico! Elle a presque réussi. La maison
Winchester est gigantesque, pleine de passages secrets et de portes
qui ne mènent nulle part. On y a vu des fantômes, c'est un fait
avéré... Les choses prennent tournure!

S.

Sarah,

Je tiens un truc. Observe cette pièce du rébus :

Elle porte le numéro 4, ce qui correspond probablement à la lettre D, à l'extrémité de la carabine.

Cet escalier ne sert à rien, il s'arrête au plafond. La Maison Winchester est pleine d'absurdités de ce genre, tu l'as dit toi-même. Tu sais ce que je pense ? Si on réussissait à situer cet endroit précis de la maison, on trouverait une partie de ce qu'on cherche.

R.

Lundi 20 juin, 22h47

Il est tard, tant pis. Il faut que je note tout.
Au cas où il arriverait quelque chose.

Après ça, on a vite compris : ce document
désigne une série de lieux où une activité para-
normale a été constatée. Quelqu'un a dessiné
une sorte de carte au trésor hanté. Mais à quoi
mène-t-elle ? Le seul endroit où cette carte me
conduira, pensé-je quand j'ai des idées noires,
c'est six pieds sous terre, avec une pierre tombale
au-dessus de ma tête.

C'est une carte de mort, conçue par un fou.
Henry.
Voilà, je l'ai dit.
Henry, qui a trahi ma famille, ma ville et
moi. Henry qui a disparu tel un spectre. Henry
le traître, Henry la menace.

C'est l'œuvre d'Henry, j'en suis convaincu.
Le Rébus du Crâne, sorti de son esprit tordu,
s'est glissé dans ma poche. Quand l'a-t-il
réalisé ? Avant ou après avoir joué le rôle du
fantôme de Joe Bush ?

À force d'observer des phénomènes surnatu-
rels, notre regard s'est affûté. Cette même nuit,
Sarah et moi avons résolu le mystère d'un autre
élément du rébus : l'étrange maison marquée
d'un H et de trois M.

Tant qu'on ne les avait pas observées sous
l'angle du paranormal, ces images pouvaient
signifier n'importe quoi. Ce bâtiment aurait
aussi bien pu être un salon de thé ou, plus

probablement, une maison mortuaire. Nos seuls indices étaient un H, un bâtiment et un miroir reflétant à l'infini la lettre M. Sarah et moi l'avons appelée « la Maison aux Miroirs », ce qui nous a fourni une piste.

Ryan,

J'ai trouvé ! Parfois, on ne perd pas son temps en allant sur YouTube ! J'ai lancé une recherche sur les miroirs hantés, je suis tombée sur une vidéo, et BANG ! j'ai tout compris !

J'arrive à peine à taper tant j'ai les mains qui tremblent. Regarde le film et appelle-moi. Il est 2 heures du matin, tes parents doivent dormir. Appelle-moi dès que tu auras regardé.

S.

Elle m'a envoyé le lien d'une vidéo où l'on voit un homme faire le guide dans un hôtel, le Driskill. Au bout de cinq minutes, j'ai su que Sarah avait raison. D'abord, le Driskill est hanté ; c'est probablement l'hôtel le plus hanté des États-Unis. Il court sur cet endroit des dizaines d'histoires de fantômes, dont l'une concerne des miroirs. Une des chambres est tapissée d'immenses miroirs qu'un homme richissime venant de Mexico avait fait poser pour sa fiancée, Carlota. Le nom du gars? Maximilien, avec un M, comme sur le rébus.

Maintenant, le plus glaçant: le guide raconte ce qui arrive si vous entrez seul dans la chambre de Maximilien et que vous vous regardez dans un miroir. Votre image se reflète dans un autre miroir, sur le mur opposé, qui la renvoie de nouveau, si bien que vous vous voyez dans une série sans fin de miroirs de plus en plus petits. Au milieu de cette collection infinie d'images de vous-même, Carlota apparaît, sortie de nulle part. Elle vous fixe dans les yeux, et vous êtes mort.

D'accord, ce dernier point, je l'ai inventé. Mais vous mourrez sûrement, car vous fuirez la chambre en hurlant et vous vous romprez le cou dans les escaliers!

À cette image (celle sous laquelle il est écrit un C) correspond dans le rébus l'image numéro 3, c'est-à-dire celle-ci :

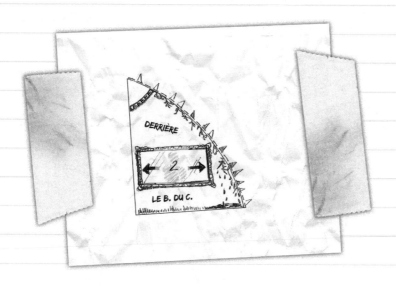

Ça colle parfaitement. On distingue une silhouette derrière le 2, floue mais visible. Carlota! Le 2 et les flèches signifient qu'il y a deux miroirs de chaque côté sur le mur. Donc, cinq en tout. Celui qui compte, c'est le miroir du milieu. « Derrière le B. du C. » signifie sans doute « derrière le bas du cadre ».

Waouh! On se révélait plutôt doués pour les rébus! Les quatre coins de la page, autour de la tête de mort, renvoyaient à quatre légendes.

Quatre lieux hantés.

Et on en avait déjà trouvé deux.

J'ai dû marquer une pause, j'avais entendu papa dans l'entrée.

J'aimerais lui parler de tout ça. C'est impossible, je le sais.

Il ne comprendrait pas. Il me dirait de me tenir tranquille. Et maman aussi. Ils n'ont jamais compris ce que Sarah et moi faisions ensemble. (À moins que papa ne l'ait trop bien compris, mais c'est une hypothèse que je préfère écarter.) Ils se sont réjouis du départ de Sarah. Ils ont cru que je cesserais de rester debout toute la nuit et de fourrer mon nez dans des affaires qui ne me regardent pas.

Papa, maman, si vous êtes les premiers à trouver ce journal – au cas où quelque chose me serait arrivé –, sachez que, de toute façon, vous n'auriez pas pu m'arrêter. Ce n'est pas votre faute. Il faut que je le fasse. Je n'ai pas le choix. Le mystère me colle à la peau. Et la seule façon de m'en débarrasser, c'est de le résoudre.

Bon, revenons au rébus. Le lendemain, c'est moi qui ai découvert le secret de la pierre tombale, au verso de la carte.

On aurait dû commencer par ça, d'ailleurs, car rien n'évoque plus un lieu hanté qu'une pierre tombale. Mais il existe tant de cimetières peuplés de fantômes et de morts-vivants ! Comment savoir à quelle tombe cette image faisait référence ?

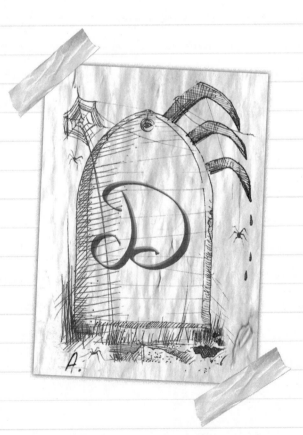

Le D gravé sur la pierre pouvait avoir quantité de significations. Croyez-le ou pas, c'est maman qui m'a mis sur la voie.

J'avais soigneusement découpé l'image scannée pour isoler le D et les espèces de cornes jaillissant du côté droit de la pierre. Après les avoir collées sur une feuille de papier, je suis allé m'asseoir sous le porche avec le cahier dans lequel j'écris mes histoires.

Il faisait chaud. Maman sirotait un thé glacé, affalée sur le vieux sofa. J'ai posé mon papier sur la table et j'ai ouvert mon cahier. Bingo! J'avais offert à ma mère une occasion unique d'entrer dans le monde de mes écrits personnels! Elle a tout de suite voulu savoir sur quoi je travaillais.

— Une histoire de fantôme, ai-je répondu, évasif.

Elle a pris le morceau de papier et l'a examiné longuement.

— Une ferme hantée? a-t-elle demandé. J'espère que tu n'éventres personne avec des socs!

— Avec des quoi?

– Des socs. Dans ton histoire, tu ne les mets pas entre les mains d'un monstre, j'espère ! Je n'ai tout de même pas élevé un écrivain gore !

Je l'ai priée de s'expliquer, et j'ai eu droit à un cours sur l'art de labourer un champ. Ce que j'avais pris pour des cornes était en réalité des socs de charrue que tiraient autrefois les chevaux pour retourner la terre. Je n'y aurais jamais pensé.

J'ai vite envoyé un nouveau mail à Sarah :

Sarah,

J'ai percé le mystère de la pierre tombale. Ce qu'on a pris pour des cornes, ce sont des socs de charrue, et le cimetière où se trouve cette tombe n'est qu'à une quinzaine d'heures de route de chez toi !

L'endroit s'appelle Bachelor's Grove. À côté, il y a un étang dans lequel un fermier qui labourait son champ a été poussé par son cheval. Devine pourquoi ? Une dame en blanc – ce qui explique le D – est passée devant lui, ce qui a rendu l'animal fou de terreur. Le fermier et le cheval hantent désormais les lieux en compagnie de la dame. Ils ne sont pas les seuls. La nuit, il y a des morts-vivants partout. Cet endroit est véritablement maudit.

Et c'est près de Chicago, pas si loin de chez toi, comme je
te le disais. Le cimetière est abandonné, on n'y rencontre
plus personne. Sauf les morts-vivants, bien sûr.

Ryan

Le plus horrible, concernant la pierre tombale, c'est la partie du rébus indiquant à quel
endroit du cimetière il faut chercher. Sarah s'en
est aperçue environ une heure plus tard.

R.

Tu insinues que je vais devoir aller creuser dans un cimetière
abandonné ? Tu crois peut-être que ça ne me fait pas peur ?
Pour une fois, on pourrait bien avoir découvert un truc dont
je n'ai pas envie de me mêler.

S.

Elle faisait allusion à ça :

Un message à faire frémir n'importe qui, même en plein jour. L'objet désigné doit être retiré du sol du cimetière, près de la plus haute pierre tombale. Creuser dans un cimetière, est-ce que c'est puni par la loi ? Sarah pourrait-elle être envoyée en prison pour avoir fait ça ? Pire encore : risquerait-elle sa vie en le faisant ? C'était bien possible. Par chance, les autres sites étaient trop loin de chez elle.

C'est du moins ce que je croyais jusqu'à ce qu'elle me fasse part du plan délirant qu'elle a imaginé.

Lundi 20 juin, 23h48

Elle m'a téléphoné. La nuit dernière. La son-
nerie de mon portable caché sous mon oreiller a
vibré jusque dans mon cerveau.

– Ça fait six fois que je t'appelle! Tu as un
sommeil de plomb!

– Désolé. Quelque chose ne va pas?

– Si, si, ça va. Je voulais seulement t'annon-
cer tout de suite la bonne nouvelle.

– À quatre heures du matin...?

– À Boston, il est sept heures et demie, et
je viens de prendre mon petit déjeuner avec mes
parents.

– Ah...

– Ils ont dit oui. Avoir dix-sept ans m'ouvre
de nouvelles portes, à ce qu'il me semble.

Je me suis assis dans mon lit, comprenant
soudain ce que ce « oui » impliquait.

– Tu n'es pas sérieuse.

– Oh, si! Tout à fait sérieuse. Je pars en
voyage au pays des fantômes!

Je n'arrivais pas à y croire. Vraiment pas.
On en avait parlé; malgré tout, ça restait

inimaginable. Mes parents ne me laisseraient même pas prendre la voiture pour aller acheter un hamburger au coin de la rue sans s'assurer que mon GPS est bien branché. Bon sang! Sarah a de la chance.

Elle avait soigneusement préparé son coup. Elle a persuadé ses parents que, en se rendant à son stage d'été dans cette école de cinéma en Californie, elle pouvait réaliser un documentaire tout le long du chemin, le meilleur des projets d'étudiant. Elle visiterait les endroits les plus intéressants, logerait en route chez différents membres de sa famille. Ce serait le plus génial reportage vidéo qu'aucun prof de cinéma aurait jamais vu. Un truc époustouflant.

— On connaît des gens un peu partout, dans le pays, m'a-t-elle expliqué. Des oncles et des tantes, d'anciens amis de lycée de mes parents. J'ai prévu mon itinéraire: je n'aurai à m'arrêter que dans deux hôtels. Le reste du temps: conduire, manger, filmer!

Ça paraît faisable. De Boston à Chicago pour le cimetière de Bachelor's Grove, puis Austin pour l'hôtel Driskill, et enfin la Californie où se trouve la Maison Winchester.

— J'ai sept jours pour traverser l'Amérique en voiture. Mes parents sont d'accord !

Reste un détail qui coince : le Rébus du Crâne désigne quatre lieux, et on n'en a situé que trois. La signification du nombre 311 continue de nous échapper. Plus nous tarderons à résoudre le mystère, plus Sarah risque de devoir modifier son trajet.

— Comme je serai sur la route, c'est toi qui devras localiser le dernier endroit, m'a-t-elle dit.

Tâche de le trouver avant que je sois trop loin pour faire le détour. Je n'ai que peu de marge d'erreur. Mes parents piqueront une crise si je ne suis pas en temps voulu là où je serai censée être.

Quand j'ai raccroché, je ressentais une part de jalousie, une part d'excitation et cinq parts d'angoisse.

On est sur le point de décrypter un message qui va nous entraîner dans les pires ennuis, c'est sûr. On sait tous les deux que ce n'est pas une bonne idée. Mais on ne peut pas résister.

Vous savez pourquoi ce n'est pas une bonne idée?

Parce que le fantôme de Joe Bush nous surveille. Il est au courant de nos projets.

Il nous a prévenus. Hier, il nous a envoyé une vidéo. Il a nos adresses mail. Vous pouvez voir son message sur le site de Sarah. Si vous ne craignez pas de faire des cauchemars.

sarahfincher.fr

Mot de passe :

VISAGEDANSLEMIROIR

Mardi 21 juin, 7h00

« Tu caches quelque chose, n'est-ce pas, Ryan McCray ? Quelque chose qui m'appartient, peut-être ? Quelque chose que j'ai laissé derrière moi. Ne t'étonne pas s'il te pourchasse. Je ne pourrai pas l'arrêter. Même moi, je ne saurai pas te protéger contre lui. Ça va te brûler, te brûler, et tu ne t'en débarrasseras plus. »

Le fantôme de Joe Bush est de retour. Pas Henry, une autre incarnation de l'ouvrier mort, et il n'a pas l'air content.

« Ne t'étonne pas s'il te pourchasse. » Je suppose que ce « IL » désigne Henry. Et le fantôme tente de m'avertir.

« Te brûler » signifie, je pense, que ce qui va advenir marquera ma mémoire au fer rouge, et ne s'effacera jamais. Quelle que soit l'aventure qui m'attend, je m'en souviendrai encore à quatre-vingt-dix ans... si je vis aussi vieux.

Je devrais parler de tout ça à quelqu'un. Vraiment. Un fou m'envoie une vidéo, et je ne cours pas prévenir mes parents ? C'est difficile à expliquer, mais ce qui se passe là est capital. J'ai avec Joe Bush un lien particulier sans lequel jamais je ne me conduirais ainsi. Joe Bush et moi avons beaucoup de points communs. Nous sommes fureteurs, dissimulateurs. J'aimerais avoir une vie excitante, et je suis coincé à Skeleton Creek. Je suis sûr que Joe ressentait la même chose. Il était pris au piège ; garder des secrets trop lourds pour lui le rendait parano. Je me demande si je ne deviendrai pas fantôme, un jour, hantant un autre garçon dans une autre petite ville. Un destin bien ennuyeux, si vous voulez mon avis : des jours et des nuits à errer sans rien faire !

Quoi qu'il en soit, j'ignore où tout ça me mènera, mais quelque chose me dit que je dois continuer à agir comme à mon habitude : en cachette, du moins tant que je ne saurai pas ce qui se passe et à qui je peux me fier.

Sarah est sur la route. Cet après-midi, elle arrivera à Chicago. Elle va loger chez un oncle et une tante qui l'attendent pour dîner. Or, ils habitent à une heure de la ville et à deux heures de Bachelor's Grove. Sarah devra se glisser hors de la maison quand tout le monde dormira, rouler jusqu'au cimetière, trouver ce qui y est caché, et être de retour avant l'aube.

Creuser dans un cimetière abandonné au milieu de la nuit, je n'imagine rien de plus effrayant. Et ma meilleure amie va faire ça toute seule. Du moins, si on ne la surprend pas en train de quitter subrepticement la maison de son oncle.

Mardi 21 juin, midi

Là où Sarah se trouve, il doit être plus de 2 heures et demie de l'après-midi. Et elle vient de m'envoyer un texto : « Me suis arrêtée pour casser la croûte. Waffle House ! »

Vivant dans l'ouest des États-Unis, je n'ai jamais mis les pieds dans une Waffle House. C'est la chaîne de restaurants préférée de Sarah parce qu'on y sert des repas à n'importe quelle heure et que c'est très bon marché. Elle dit que le maïs grillé y est à tomber et que les gaufres sont divinement croustillantes. De plus, les clients sont surtout des vieux qui appellent les serveuses par leur prénom et qui viennent là pour bavarder.

« Écouter de vieux souvenirs racontés par de vieilles voix pendant que je sirote mon café dans une bonne odeur de gaufres, c'est magique ! » m'a-t-elle expliqué.

À mon avis, c'est le regard de Sarah qui est magique. La plupart des gens qui fréquentent ce type d'endroit n'y voient rien de particulier.

Ils ne perçoivent pas ce qui compte vraiment. Sarah, elle, est sensible à la solitude, à la nostalgie, et à deux dollars cinquante de réconfort.

Mardi 21 juin, 13h15

J'ai profité de ma pause déjeuner pour échanger des textos avec Sarah, activité que mon père m'interdit formellement pendant mes heures de travail à la boutique. Il a une sainte horreur des textos en général.

« Cet appareil est un téléphone, me répète-t-il chaque fois qu'il me voit tapoter dessus. Il sert à téléphoner, pas à écrire des romans. »

Je n'irai pas jusqu'à dire que mon père est ringard, mais il ne vit pas toujours avec son temps. Les choses dont il ne comprend pas l'utilité l'agacent. Aussi, plutôt que de supporter ses remarques, j'ai passé mon heure de pause à arpenter Main Street, tout en tenant une conversation écrite avec Sarah.

Sarah : « Les aires de repos sont dégoûtantes. »

Moi : « Stop ! Garde les détails pour toi ! »

Sarah : « Je serai chez mon oncle dans une heure. »

Moi : « Pas trop nerveuse ? Ça ira, cette nuit ? »

Sarah : « Ma pelle de fossoyeur est dans le coffre. Un outil tout neuf. En cas de besoin, il me servira d'arme. »

Moi : « Une hache ferait mieux l'affaire. Les morts-vivants sont coriaces. »

Sarah : « C'est gentil de me rassurer ! »

Moi : « Sois prudente. Si tu sens que ça tourne mal, prends tes jambes à ton cou. »

À marcher en tapant des textos, j'ai heurté quelqu'un que j'aurais préféré éviter. Quand j'ai levé les yeux de mon écran, j'étais nez à nez avec Gladys Morgan, la bibliothécaire. Si vous connaissez Gladys, vous savez combien cette femme est redoutable. Grande, bien charpentée, elle a le physique qui correspond à sa personnalité autoritaire. Je n'ai jamais vu un sourire éclairer son visage ridé.

– Voilà l'invention la plus bête dans toute l'histoire de la bêtise humaine ! m'a-t-elle asséné. Regarde devant toi en traversant la rue, ou tu te feras écraser par un conducteur occupé à la même stupide activité derrière son volant !

— Merci du conseil, madame Morgan. Je ferai attention.

— Pas d'insolence, Ryan McCray. Tu pourrais le regretter.

Tout en notant ceci, sur un banc devant la bibliothèque, je me dis qu'une Waffle House au fin fond du Minnesota serait l'endroit idéal où abandonner Gladys Morgan. Elle trouverait enfin quelqu'un d'autre à qui prodiguer ses sages conseils.

Mardi 21 juin, 14 h 12

Un gars en route vers Skeleton Creek avec trois copains, ayant appris que la boutique était ouverte en soirée, vient d'appeler. Ils voudraient quelqu'un pour les guider sur la rivière, à une heure d'ici. Quatre clients, ça signifie deux barques et deux accompagnateurs. Et papa m'a désigné plutôt que Fitz.

Je suis face à un sérieux dilemme. Si je refuse, Fitz embarque, et je me retrouve coincé à la boutique toute la soirée. En temps normal, je le prendrais très mal. J'aime bien Fitz, mais il faut reconnaître qu'on va être sans cesse en concurrence, cet été. Une sortie rapporte cinquante dollars sans compter les pourboires. Je pêche à la mouche depuis l'enfance, et je ressens pour l'eau une attirance inexplicable. Refuser une soirée sur la rivière est proprement inimaginable. D'autant que laisser Fitz y aller, c'est adresser à mon père un message dangereux. C'est risquer de me retrouver assis derrière le comptoir de la boutique jusqu'à la rentrée, à fixer les aiguilles de la pendule, pendant que Fitz se fera un maximum d'argent en prenant du bon temps.

Pourtant, c'est clair. En aucun cas je ne dois laisser Sarah s'introduire dans le cimetière sans qu'elle puisse me joindre au téléphone.

J'ai donc prétexté des maux de tête et des nausées.

— C'est nerveux, a rétorqué mon père. Le grand air te fera du bien.

Fitz rongeait son frein. Il voulait participer à cette sortie encore plus que moi. J'ai affirmé que je laissais volontiers à Fitz la première partie de pêche de l'été, que je ferais la suivante. Malheureusement, mon père n'en a pas démordu. Je le lisais dans ses yeux : il emmènerait son fils, que celui-ci le veuille ou non.

Il ne me reste plus qu'à me casser un bras ou à me planter un hameçon dans le front. Et encore. Ça ne suffirait peut-être pas. Rien à faire, je vais conduire une barque sur la rivière toute la soirée sans pouvoir me servir de mon portable, sans possibilité de contacter Sarah avant 22 heures au plus tôt.

Autrement dit, à minuit et demi pour elle.

J'ai envoyé un texto, je n'ai pas eu de réponse. J'ai appelé, elle n'a pas décroché. J'ai dû me contenter de laisser un message sur son répondeur : « Impossible d'échapper à une partie de pêche. J'ai fait tout ce que j'ai pu. Pardonne-moi. Je te ferai signe dès mon retour. Sois prudente ! »

Sarah va être obligée d'agir seule, comme lorsque tout a commencé. J'espère qu'elle ne viendra pas ensuite me frapper à coups de pelle pour se venger.

On n'avait pas eu une si bonne partie de pêche depuis longtemps! Dans des circonstances normales, j'aurais été fou d'excitation de prendre deux douzaines de truites en une soi-rée. Là, j'étais au supplice. Je savais que plus ça mordait, plus on allait rester sur la rivière. Même après que les barques ont été tirées sur le rivage, papa a laissé les gars lancer encore leurs lignes pendant quarante minutes. J'ai sorti mon portable: pas de réseau! Je m'en serais arraché les cheveux.

J'ai enfin le temps de mettre par écrit les événements de cette nuit, mais je suis si fatigué que je peine à garder les yeux ouverts. Ramer pendant cinq heures, ça vous achève un homme. Je veux pourtant tout noter tant que c'est encore frais dans ma tête.

Premier point: papa est de nouveau sur notre dos. C'est de ma faute.

— Si tu essaies de joindre Sarah, tu ferais mieux d'arrêter tout de suite, m'a-t-il dit quand il m'a surpris pour la troisième fois le portable à la main.

La quatrième fois, il a grondé :

— Je ne veux plus te voir avec cet appareil. Fais ton travail !

La cinquième fois, il n'a pas prononcé un mot. Le coup d'œil qu'il m'a jeté était assez parlant. J'avais eu droit au même regard, quelques mois auparavant, quand je m'étais mis dans les pires ennuis avec Sarah. Ce qu'on y lisait était plus que de l'impatience ou de l'agacement : c'était de la défiance. Il sait que Sarah et moi restons en contact, et il craint qu'on ne se lance encore dans une aventure dangereuse.

Plus tard, alors que nous étions seuls dans la boutique à ranger le matériel, il s'est penché vers moi et m'a soufflé à l'oreille :

— Pas question que Sarah et toi vous recommenciez vos bêtises. Tiens-toi tranquille.

Je l'ai rassuré de mon mieux, mais il n'en faudrait pas beaucoup pour qu'il appelle le père de Sarah et découvre qu'elle roule vers la

Californie. Il sent qu'il se passe quelque chose, et je ne peux rien y faire.

Par chance, il était encore plus fatigué que moi quand on a enfin regagné la maison à 23 heures 45. On a trouvé un mot de maman et deux assiettes de poulet frit dans le frigo. J'ai monté la mienne dans ma chambre pour être enfin seul.

J'ai regardé mon téléphone comme s'il allait me sauter à la figure tant je me sentais coupable, et c'est presque ce qui s'est produit.

Sept textos, trois appels, un message vocal. Tous de Sarah. Et je les avais tous manqués.

D'abord, l'affreuse série de textos :

22h47 : « J'y suis ! Envoie-moi un mot, dis-moi si tu es seul. Je veux t'avoir au téléphone, pour que tu m'entendes si je crie. »

22h52 : « Où es-tuuuuuu ????? Pas encore à la rivière, tout de même ? »

22h58 : « Ryan, s'il te plaît ! Ce n'est pas drôle ! Appelle-moi ! Il fait horriblement noir, ici. »

23h10 : « J'ai tenté deux fois de t'appeler. J'arrive au bout d'un chemin poussiéreux. Ma torche éclaire les pierres tombales. Je ne vais pas pouvoir le faire. »

23h14 : « Si, je peux le faire. »

23h21 : « Je le fais. Tu n'es qu'une poule mouillée ! »

23h24 : « Je ne pourrai pas taper sur le clavier avec des doigts pleins de terre. Si mon téléphone sonne maintenant, je ferai un bond en l'air. N'appelle pas. »

Je ne me suis jamais senti aussi nul, inutile et coupable qu'en lisant ces textos, et le message vocal n'a rien arrangé : « Tu sais pourquoi la situation me paraît familière ? Parce que tu m'as joué le même tour à la drague l'an dernier ! Se retrouver seule dans un cimetière abandonné, en pleine nuit, une pelle à la main, tu n'imagines donc pas à quel point c'est terrifiant ? Non, tu t'en fiches, puisque TU ME LAISSES TOUT FAIRE ! Peu importe, j'ai trouvé ce qu'on cherchait. Je serai de retour chez mon oncle vers 4 heures, je dormirai quelques heures. Ensuite, je m'occuperai de ce truc. Je ne te dis pas de quoi il s'agit, ça t'apprendra à être allé pêcher pendant que je violais une tombe. Fais de beaux rêves. Au moins, tu sais que je suis encore en vie! Oh! Et, au fait, c'est la chose la plus flippante que j'aie jamais vécue. »

Difficile de se sentir plus mal que moi en ce moment. Elle en rajoute quand même un peu avec son « violer une tombe ». Elle devait seulement creuser à côté de la tombe. Même moi, j'en aurais été capable. Je me serais persuadé que je bêchais mon jardin.

Ma culpabilité ajoutée à l'ignorance de ce qu'elle a trouvé, ça me tue. Est-ce un tibia, un crâne, un trésor? Ça peut être n'importe quoi.

Mais je n'ose pas l'appeler, sachant qu'elle doit être au volant de sa voiture.

Une conductrice fatiguée + la nuit + un coup de téléphone = danger.

Déjà que je l'ai laissée tomber, je ne vais pas risquer en plus de la faire aller dans le fossé.

Je lui ai juste envoyé un texto : « Suis vraiment désolé. Papa n'a rien voulu savoir. J'étais coincé. »

Elle ne m'a toujours pas répondu.

Elle dort peut-être.

Ou elle s'est fait surprendre.

Si seulement je pouvais savoir !

Connaissant Sarah, je pense qu'elle téléphonera en se réveillant, sans prendre garde au décalage horaire. J'aurai donc sans doute un appel vers 5 heures.

Celui-là, je n'ai pas intérêt à le manquer.

D'accord, je ne l'ai pas soutenue pendant son aventure au cimetière ; tout de même, c'est rude ! Sarah m'a appelé à 4 heures 13, me tirant d'un profond sommeil. (Remarque personnelle : ne pas négliger de se laver les dents après avoir mangé du poulet frit à minuit. Je vous passe les détails.)

Sarah ne s'est pas couchée, comme elle prévoyait de le faire. Passé minuit, cette fille est une vraie pile électrique. Elle monte toujours ses vidéos au milieu de la nuit, quand les gens normaux font de beaux rêves (ou, dans mon cas, des cauchemars). Après s'être faufilée dans la chambre d'amis de son oncle vers 4 heures, heure locale, elle s'est donc mise au montage de ses prises de vues. Que de surprises !

D'abord, elle va réellement mettre son voyage à profit pour réaliser un documentaire. Son premier film fait l'historique du cimetière, enrichi de quelques effets spéciaux. Dans le deuxième, on la voit creuser. À regarder ces images, j'ai senti ma culpabilité revenir au galop.

Le passage le plus intéressant? La révéla-tion de ce qu'elle a déterré. En un sens, c'est parfaitement logique. J'aurais dû m'en douter.

Il y avait une boîte.

Et dans cette boîte?

Une preuve que la société du Crâne est bien plus dangereuse que nous le pensions.

L'Apôtre est de retour, plus inquiétant que jamais.

Vous allez voir.

sarahfincher.fr

Mot de passe :

LADAMEENBLANC

Mercredi 22 juin, 8h42

Je dois le reconnaître, Sarah est vraiment douée pour la réalisation. Au temps de la drague, ses films avaient encore un côté bricolé. Ceux-ci sont d'une autre qualité. Pour la première fois, je me dis que Sarah pourrait bien être un jour réalisatrice à Hollywood.

Les prises de vues du cimetière ont tout d'un vrai documentaire. J'en ai eu des frissons. Mais ce n'était rien comparé à la réapparition de l'Apôtre. Ce type m'a toujours flanqué la chair de poule. Le revoir, mesurer quel était son rôle dans la société du Crâne n'a fait qu'augmenter mes craintes.

Nous avons maintenant trois éléments nouveaux :

– Il fut un temps où le rôle de l'Apôtre consistait principalement à établir l'histoire du Crâne. Pour une raison inconnue, il a fractionné son témoignage en plusieurs films, et dissimulé les bandes dans différents endroits de son choix.

— Le Crâne est une société ancienne. Elle réunissait à l'origine des « super patriotes », inquiets de voir que, depuis le début, la démocratie en Amérique était menacée.

— Les membres de cette société secrète avaient une triple mission :

1) Préserver la liberté.

2) Protéger le secret.

3) Anéantir les ennemis.

Ces informations sont troublantes et soulèvent une nouvelle série de questions :

— Le rôle de l'Apôtre était-il plus important qu'on ne l'avait d'abord supposé ?

— Y a-t-il, derrière sa mort, autre chose que ce que Sarah et moi avons découvert ?

— Que faisait l'Apôtre à Skeleton Creek ?

— Quels secrets le Crâne protégeait-il et quels ennemis devait-il anéantir ?

— Et, peut-être le plus important : est-ce que mon père a quelque chose à voir là-dedans ? Il porte le tatouage de l'oiseau sur l'épaule, celui que l'Apôtre a sur la main. Observatrice comme elle est, Sarah n'a pas manqué de mettre le doigt là-dessus. Mon père a été membre du Crâne. L'est-il encore?

Sarah est de nouveau sur la route, roulant vers sa prochaine étape hantée. Et je n'ai toujours pas trouvé le quatrième lieu qu'elle devra visiter.

Elle sera à Saint Louis vers midi, à Memphis vers 17 heures et devrait arriver à Little Rock, dans l'Arkansas, avant la nuit. Une amie de lycée de sa mère habite là-bas; Sarah espère passer un moment à la bibliothèque municipale et y faire des recherches pour son reportage. Plus elle ira vite, moins on aura de chances de percer à temps le secret du nombre 311.

J'ai mis un CD des Pink Floyd — il y a bien longtemps que je ne les avais pas écoutés — et me suis allongé sur mon lit, les yeux fixés sur le rébus.

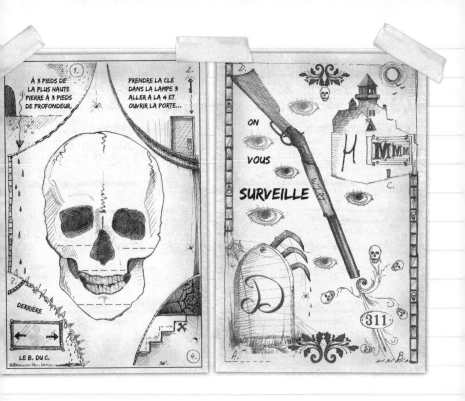

Je réfléchis aux trois missions du Crâne : préserver la liberté, protéger le secret, anéantir les ennemis.

Sarah et moi n'avons pas assez pris la troisième au sérieux.

Anéantir les ennemis.

Le message est clair : aujourd'hui, nous représentons une menace pour les membres du Crâne. Ils vont sans doute chercher à se débarrasser de nous. Sarah a donné un coup de pied dans un nid de frelons. Et si l'essaim la poursuivait tandis qu'elle roule vers l'ouest?

La boîte qu'elle a déterrée est grande et lourde. Je m'étonne qu'elle ait réussi à la retirer toute seule du trou, sachant ce qu'elle contient: un vieux projecteur et une bobine de film 8 mm. Elle a pointé le projecteur sur un mur blanc et enregistré l'image avec sa propre caméra pour la mettre sur son site Internet. Ce n'est pas une méthode hautement technologique, mais ça a marché.

Supposition: maintenant qu'on a le projecteur, les autres endroits nous livreront d'autres bobines de film.

On n'en a pas fini avec l'Apôtre.

Mercredi 22 juin, 11 h 00

C'est Fitz qui ira sur la rivière aujourd'hui.

— Pas de problème, monsieur McCray, a-t-il dit. Moi, je n'ai pas de portable.

J'ai eu envie de lui lancer : « Hé, mec ! Qui t'a recommandé pour ce boulot ? »

Papa aurait tout de même pu s'abstenir de raconter à Fitz que, hier, je m'intéressais plus à mon téléphone qu'aux poissons. C'est un coup bas.

Une fois mon père sorti, Fitz s'est tout de même tourné vers moi :

— Désolé, mais rester coincé à la boutique quand tu sais que ça va mordre, c'est dur.

En effet. Ce n'est pas sa faute si on est obligés de sortir en alternance.

— La dernière fois, c'était super, ai-je admis, sans développer davantage.

En temps normal, je serais jaloux de Fitz, qui profitera de la rivière pendant que je m'ennuierai dans la boutique toute la journée. Mais, si les choses se passent comme hier, ils rentreront tard. Personne sur mon dos et une connexion Internet : je ne peux pas rêver mieux.

On verra bien comment l'été va se passer. Je suis sûr que papa nous mettra en concurrence sur tous les fronts. Combien as-tu pris de poissons ? Combien de mouches as-tu montées ? Malheureusement, alors que nous sommes à égalité sur un terrain de rugby — aussi nuls l'un que l'autre —, Fitz est un bien meilleur pêcheur que moi. J'aime la pêche, mais ce n'est pas toute ma vie. Papa et Fitz partagent la même passion : pour eux, il y a la pêche, et le reste.

Je me suis toujours demandé comment ce serait d'avoir un frère. On se pose forcément cette question quand on est enfant unique. Imaginez : un autre fils McCray dans la maison ! Peu importerait qu'il soit plus vieux ou plus jeune, on serait toujours en compétition.

J'ai aidé papa et Fitz à emballer le matériel, et maman leur a apporté une glacière remplie de sandwiches, de cannettes de soda et de cookies au chocolat faits maison.

– Ça a l'air bon, madame McCray, a commenté Fitz. Vous nous avez préparé un super casse-croûte !

« N'en rajoute pas », ai-je pensé.

Maman m'a tendu un sac en papier :

– Tiens ! Je t'ai mis la même chose. Tu rentreras dîner ?

Papa a répondu à ma place :

– C'est peu probable. Si ça se passe comme hier, ce sera encore poulet froid et salade. On restera sur la rivière au moins une heure après le coucher du soleil. Et je veux que Ryan soit là pour nous aider à décharger.

Il pensait sans doute m'imposer une sorte de punition en me coinçant à la boutique. C'était parfait !

Du moins, c'est ce que j'ai cru. Jusqu'à ce qu'il me donne une feuille de papier avec la liste des mouches qu'il veut que je lui fabrique avant son retour. Si vous n'avez jamais monté de mouches, laissez-moi vous dire que ce n'est pas une mince affaire. Des hameçons nus, une table couverte de matériaux variés : plumes de coq, de faisan, de canard, poils de lièvre ou de sanglier, fils de soie, bouts de laine, colle, vernis. Et la liste était interminable :

* Deux douzaines d'oreilles de lièvre dorées, taille 10

* Trois douzaines de culs de canard, taille 14

* Une douzaine de nymphes, taille 8

* Deux douzaines de parachutes orange, taille 12.

Excellente façon de me rappeler que je ne suis pas payé à ne rien faire !

Fitz est un virtuose du montage de mouches. En confectionner huit douzaines — ce qui représente environ deux cents dollars de recette pour la boutique — ne lui fait pas peur.

— Je vous en fabrique une douzaine avant qu'on parte, si vous voulez, a-t-il proposé à mon père.

Et il l'a fait. Il est capable d'aligner douze mouches parfaites avant que j'en aie ficelé six merdiques ; ça m'agace.

— Ryan fera les autres. Il a toute la journée et une partie de la soirée pour s'en occuper, a déclaré mon père. Et il ne sera pas déconcentré par son téléphone.

Il m'a tendu sa main ouverte. Sale coup! Maman s'est éclipsée discrètement, sachant que j'essaierais de la mettre de mon côté. Elle a disparu avant que j'aie eu le temps de crier: « Maman! Dis-lui, toi! Comment je ferai pour t'appeler si j'ai besoin que tu me changes ma couche? »

J'ai jeté à papa un regard noir; j'ai retiré la batterie de mon portable et je lui ai donné le reste. Il est sorti en marmonnant je ne sais quoi. Fitz a haussé les épaules, avec l'air désabusé de celui qui connaît le problème: les parents ont beau vous assurer qu'ils ne fouilleront pas dans vos affaires, ils le font. Ils ne peuvent pas s'en empêcher, c'est dans leurs gènes.

Depuis leur départ, je me sens un peu mieux. Je suis au moins rassuré sur un point: papa n'a pas appelé le père de Sarah. S'il savait que Sarah est sur la route, livrée à elle-même, il m'en aurait parlé. De toute façon, quand il est sur la rivière, il se transforme en automate. Pêcher, manger, pêcher, lancer sa ligne et recommencer, il n'a plus que ça en tête.

La boutique est silencieuse, et j'ai quatre-vingt-quatre mouches à fabriquer, une entreprise colossale pour quelqu'un qui travaille, selon l'expression de Fitz, « avec deux pieds gauches ». J'y serai encore quand ils reviendront à la nuit tombée.

Je vais donc m'y mettre, tandis que des questions sans réponse me taraudent l'esprit :

Que peut bien signifier le nombre 311 ?

Quelle crise Sarah va-t-elle piquer quand elle s'apercevra que, cette fois encore, elle ne peut pas me joindre ?

Comment vais-je réussir à monter quatre-vingt-quatre mouches sans piquer du nez sur la table ?

Mercredi 22 juin, 15h00

Quatre heures de travail, un sandwich, et trente-sept mouches. Pas si mal ! J'estime avoir un peu d'avance sur mon programme, et j'ai une idée concernant le nombre 311. Je ne peux pas téléphoner depuis le poste fixe de la boutique, je suis sûr que papa vérifiera les appels. Et on n'en a plus à la maison, rien que des portables. Quelle galère ! Je n'ai aucun moyen de joindre Sarah, qui doit approcher de Memphis, à cette heure-ci.

Je vais fermer la boutique et aller en ville.

Gladys Morgan pourra peut-être me fournir des indices. Elle habitait déjà ici au temps où l'Apôtre arpentait les rues en essayant de convertir les gens. Si quelqu'un, dans le coin, a une idée de ce que l'Apôtre manigançait, c'est bien la vieille Gladys.

Mercredi 22 juin, 16h39

J'ai une heure de moins pour fabriquer les mouches, mais ça valait le coup.

J'ai découvert ce que représente ce 311. Plus exactement, Gladys Morgan l'a découvert pour moi. C'est génial! Je connais à présent les quatre lieux!

Le nombre 311 sort du canon de la carabine telle une balle tirée sur un champ de bataille. Ça pouvait avoir des tas de significations. En tout cas, c'était forcément lié à la Winchester. J'ai pénétré dans sa bibliothèque poussiéreuse pour presser la vieille Gladys Morgan de questions. Je devais me montrer prudent, sachant que, comme mon père, elle a été membre du Crâne. Quelle serait sa réaction si elle s'apercevait que je fouillais encore dans l'histoire de cette société secrète ?

— Madame Morgan, ai-je demandé, croyez-vous que le nombre 311 ait une symbolique particulière ?

— Dis donc, tu ne devrais pas être à la boutique, toi ?

— C'est un jour calme. J'avais besoin d'une pause.

— Et tu viens me déranger ? Qu'est-ce que tu mijotes encore ?

— Je ne mijote rien du tout. Je m'ennuie, c'est tout.

— Ça, j'en doute fort.

Elle m'a laissé mariner une bonne vingtaine de secondes avant de reprendre la parole. Et ce n'était pas vraiment une réponse à ma question :

— Les nombres peuvent être trompeurs.

— C'est-à-dire ?

Elle n'a rien ajouté. J'ai donc changé de tactique :

— Le pasteur de l'église au bout de la rue m'a raconté que l'Apôtre connaissait la symbolique des nombres.

C'était un pur mensonge, impliquant un homme d'Église, en plus. J'ai senti mes plantes de pieds brûler comme si je marchais sur un lac de lave.

Gladys est aussi vieille que la dragne. J'étais sûr qu'elle en savait long.

— J'ai connu l'Apôtre. Un raseur de première, si tu veux mon avis. Il passait son temps à haranguer les passants.

— Comment ça ?

Elle m'a fixé d'une drôle de manière, à croire qu'elle voulait lire dans mon cerveau.

— Il les menaçait des foudres du ciel, ce qui est toujours plus impressionnant quand on hurle à la face des gens ; du moins, c'est ce qu'il croyait. Il récitait sans cesse des nombres sur un ton sarcastique. C'était vraiment un type bizarre. Je suis contente qu'on en soit débarrassés.

Des nombres? Il fallait qu'elle m'en dise plus. Je l'ai relancée.

— Ça ne te mènera à rien.

— Ça m'a mené à un gros paquet d'or, la dernière fois.

Bien envoyé, non?

Gladys a secoué la tête en soupirant:

— Il ne se contentait pas de citer des nombres. Il prêchait sans cesse avec sa Bible en main. Puis, soudain, il s'arrêtait et beuglait: « La porte 311 claque, et vous êtes mort! » Et il faisait violemment claquer sa main sur la Bible. Personne ne l'aimait.

— C'est ce que j'ai entendu dire.

Gladys m'a jeté un regard accusateur, et j'ai senti que j'avais éveillé sa méfiance. J'ai filé avant qu'elle puisse m'interroger à son tour.

De retour à la boutique, j'ai trouvé deux touristes qui cherchaient des lieux où pêcher gratuitement. Je me suis vite débarrassé d'eux. Je me suis jeté sur l'ordinateur et j'ai cherché sur Google la phrase de l'Apôtre: « La porte 311 claque, et vous êtes mort! »

Taper ces mots m'a mis mal à l'aise, comme s'il s'agissait d'une incantation pour rappeler le spectre de Joe Bush d'entre les morts. Google n'a pas eu d'états d'âme, il a affiché un lien.

Bingo !

Un lycée hanté !

Dix secondes plus tard, je renonçais à l'idée de ne pas utiliser le téléphone de la boutique pour appeler Sarah.

Mercredi 22 juin, 17h12

La porte 311 est celle d'une salle de classe,
dans un lycée construit en 1800. Cette salle est
réputée hantée. La serrure se verrouille toute
seule, on y entend des bruits inexplicables. C'est
extrêmement intéressant, d'autant que je sais à
présent où l'Apôtre a caché ce que nous cherchons :
à l'extérieur du bâtiment. Sarah pourra l'en retirer sans se faire remarquer (enfin, j'espère).

Il doit y avoir devant l'établissement des
lampadaires très anciens. Sarah n'aura qu'à s'y
rendre à la nuit tombée, trouver le troisième
lampadaire, prendre la clé, aller au numéro 4

– quoi que cela soit – et ouvrir une porte. L'indication n'est pas très claire, mais Sarah a l'esprit particulièrement aiguisé passé minuit. Elle se débrouillera. Et, cette fois, je serai en contact avec elle.

Le seul problème, c'est que ce lycée est à Springfield, dans le Missouri, à l'opposé de la direction que Sarah a suivie tout l'après-midi.

Elle a décroché et ne m'a pas laissé le temps de placer un mot :

– Où étais-tu ? Tu sais combien de fois j'ai essayé de t'appeler ? Ce n'est pas le moment de me laisser tomber, Ryan ! Vraiment pas !

Je me suis confondu en excuses, je lui ai raconté mes problèmes avec mon père, ses soupçons ; j'ai insisté sur la nécessité d'être prudents. Une fois calmée, elle s'est dite heureuse d'entendre ma voix, ce qui m'a rendu heureux à mon tour. Nous sommes à nouveau seuls au monde, plongés dans nos secrets. C'est un sentiment agréable ; en même temps, notre séparation me pèse plus que jamais.

Ce que j'aimerais faire? Sauter dans le mini-van de ma mère et rejoindre Sarah! Je conduirais trente heures d'affilée pour la retrouver si je croyais la chose possible.

Entendant un brouhaha en arrière-fond, j'ai demandé à Sarah où elle était, me préparant au pire. Quelle distance avait-elle déjà parcourue? Combien de temps allions-nous perdre?

— Je suis dans un Steak and Shake, m'a-t-elle dit. Le plus drôle, c'est qu'ils ne servent pas de steaks. En revanche, ils ont de bons fromages fondus.

— Dans quelle ville?

— À Memphis.

J'ai perçu un bruit d'aspiration; elle buvait sûrement un milk-shake au chocolat, mais je ne l'ai pas questionnée pour vérifier, on n'avait pas le temps.

— Écoute, ai-je repris, j'ai deux nouvelles, une bonne et une mauvaise.

Je lui ai tout expliqué, et elle est devenue surexcitée:

— Un lycée OÙ ÇA ?

— À Springfield, dans le Missouri.

— Ne quitte pas.

Il y a eu le choc du téléphone sur le comptoir, un froissement de papier. Elle dépliait sans doute une carte routière.

Quelques secondes plus tard, elle reprenait le combiné :

— Trois cents miles à faire dans l'autre sens. Ça aurait pu être pire.

On a calculé qu'il lui faudrait cinq heures pour aller de Memphis à Springfield, où elle arriverait de nuit.

Le problème, c'est qu'elle était censée passer la soirée à Little Rock.

— Tant pis, j'assumerai, m'a-t-elle assuré. Mes parents ne vont tout de même pas envoyer la police !

On a décidé que Sarah roulerait tout droit jusqu'à Springfield et s'arrêterait dans un hôtel proche du lycée. Pendant ce temps, je ferai en sorte de mieux définir ce qui l'attend là-bas.

Sa tâche terminée, elle rejoindra Little Rock avec une journée de retard.

– Désolé, Sarah. Ça ne se passe pas comme j'aurais voulu.

– Tu veux rire! Ça va être génial. Tu assures les recherches, je suis sur le terrain. On forme une équipe de choc!

Je comprends ce qu'elle a voulu dire. Il n'empêche que je me trouve nul. Je voudrais être celui qui conduit toute la nuit, au cœur d'un mystère palpitant, me nourrissant de hamburgers et de milk-shakes. S'ennuyer est une chose. Se sentir emprisonné est autrement handicapant. Sarah respire le vent du large. Et moi? Je ficelle des mouches ridicules et j'attends que la colle sèche.

On a discuté de la phrase du rébus, avec la lampe et les numéros, et on est tombés d'accord: elle ira de nuit, quand l'endroit sera désert.

– Springfield, cette nuit, un lycée hanté, a-t-elle récapitulé. J'ai hâte d'y être!

Et elle a raccroché. Il me reste quarante-sept mouches à monter. Sarah a cinq heures de route devant elle et une histoire à inventer pour ses parents. Avec un peu de chance, le temps que papa rentre de la rivière et me rende mon portable, on aura réussi tous les deux.

Mercredi 22 juin, 20 h 45

Je viens d'avoir un appel de Fitz, qui, en temps normal, me mettrait d'excellente humeur. À son ton dépité, j'ai tout de suite compris.

— Ça ne mord pas. C'est la plus mauvaise journée de la semaine. Les pêcheurs sont dégoûtés.

— À ce point-là?

— Tu n'as pas idée. On aurait pu appâter avec des vers enduits de WD-40, le résultat aurait été le même : rien !

Selon notre folklore local, les poissons aiment tant le lubrifiant WD-40 qu'ils se battent pour se jeter sur l'hameçon. Je n'ai jamais vérifié.

J'aurais une bonne raison de jubiler : hier, j'ai pris truite sur truite, et aujourd'hui Fitz va rentrer bredouille. Voilà une nouvelle qui devrait tinter agréablement à mes oreilles. Seulement, je n'en suis qu'à soixante et une mouches. Il m'en reste vingt-trois à monter, et j'ai les doigts à vif à force de tirer sur les fils.

— Ça ira mieux la prochaine fois.

C'est tout ce que j'ai réussi à marmonner.

— On sera à la boutique dans vingt minutes. Tu as besoin d'un coup de main pour les mouches?

Fitz n'a même pas demandé si j'avais fini. Il m'a déjà vu à l'œuvre et il connaît trop bien le résultat. Au moins, la soirée s'achèvera plus tôt que prévu, et je vais récupérer mon téléphone.

Fitz est sympa de vouloir m'aider, surtout après cette mauvaise journée de pêche.

À leur retour, on a échangé nos tâches. J'ai déchargé et nettoyé les barques pendant que Fitz montait les mouches manquantes en un temps record. Mon père n'y a vu que du feu. Si Fitz était vraiment en compétition avec moi, il s'arrangerait pour que papa s'en aperçoive. Mais tout ça reste entre nous. Finalement, il est parti sur sa vieille motocyclette, laissant derrière lui une traînée de fumée bleuie par le clair de lune. Je sais ce qu'il ressentait, je suis déjà passé par là. Ramer toute une journée en écoutant des gens se plaindre de ne rien attraper, c'est mortel.

Avant de me rendre mon portable, papa a examiné mon travail et l'a estimé satisfaisant. En vérité, à part celles exécutées par Fitz, les mouches étaient plutôt bancroches. La moitié ne flottera sans doute même pas.

— On pourra toujours les enduire de WD-40, ai-je risqué, espérant le dérider.

Il m'a tendu mon téléphone avec un petit sourire :

– On ne peut pas être bon en tout. Fitz, lui, n'a pas eu de succès à la pêche. Mauvaise journée, la pire de l'année.

J'ai honte de le reconnaître, entendre ça m'a fait plaisir. Ce n'est pas contre Fitz, mais il est hors de question que je sois coincé à la boutique tout l'été! Fitz est doué pour fabriquer des mouches, mais il semble que je sois plus chanceux que lui sur l'eau.

Si seulement cette chance pouvait filer dans les airs jusqu'au Missouri!

Sarah en a besoin.

Jeudi 23 juin, 00 h 03

Quand j'ai enfin réussi à joindre Sarah, elle attendait dans sa voiture, devant le lycée. Elle était là depuis un bon moment et commençait à s'impatienter, aussi notre échange a été bref. Une minute plus tard, elle avait branché son téléphone sur son « kit mains libres » et elle examinait tous les lampadaires qu'elle rencontrait. Certains étaient neufs, car des bâtiments ont été ajoutés à l'école. Mais une aile entière conserve encore les façades d'origine, ainsi que des statues de patriarches si réalistes qu'on dirait, selon Sarah, « qu'ils s'apprêtent à descendre de leur piédestal ».

Elle a découvert une rangée de lampadaires qui semblaient dater d'une époque ancienne. Elle commentait pour moi en direct :

— OK, il y en a sept ou huit, avec de larges socles. Ils ne portent pas de numéro, mais ils sont bien alignés. Ça paraît bon, non ?

Je lui ai conseillé de commencer par un bout, et de voir si le troisième n'avait pas à sa base une trappe ou une porte.

— Ça y est! s'est-elle exclamée, beaucoup trop fort, à mon avis.

Il y avait bien une petite porte, donnant sans doute accès aux fils électriques, mais elle s'ouvrait avec une clé spéciale. Sarah s'est maudite de ne pas avoir prévu ça. Elle a couru jusqu'à sa voiture pour prendre la boîte à outils rangée dans le coffre.

Revenue au lampadaire, elle a essayé plusieurs clés et a fini par trouver la bonne. Une fois la porte ouverte, elle a passé la main dans la cavité.

— J'espère que je ne vais pas m'électrocuter, a-t-elle dit. Frankenstein, tu connais?

J'ai eu envie de lui rappeler que la scène de l'électrocution, c'est dans le film, pas dans le livre, mais le moment m'a paru mal choisi pour un cours de littérature. On discuterait de Mary Shelley un autre jour.

Pour le moment, je devais aider Sarah à terminer le travail en cours et à se mettre en lieu sûr aussi vite que possible.

J'entendais son souffle, j'imaginais son bras enfoncé dans la cavité jusqu'au coude, ses doigts tâtonnant pour trouver la clé. Et si elle risquait vraiment l'électrocution ? S'il y avait là-dedans des fils dénudés qui lui grilleraient la chair jusqu'à l'os ?

— Une boîte ! a-t-elle crié. Et voilà la clé !

— Super !

J'avais crié aussi. Trop fort. Maman m'a lancé depuis sa chambre :

— Ryan ? Ça va ?

Je n'ai pas répondu. Ma mère déteste qu'on la réveille. Je l'ai imaginée, fixant le plafond, se demandant si elle avait rêvé. Sarah a continué de me jacasser dans l'oreille, mais je suis resté figé, silencieux. Pourvu que maman ne vienne pas ouvrir ma porte ! J'ai attendu une longue minute avant de relâcher mon souffle, soulagé. Elle avait dû se rendormir.

J'ai chuchoté à Sarah :

— Ma mère est réveillée, il faut que je parle bas. Tu sais ce qu'il te reste à faire.

« Prendre la clé dans la lampe 3, aller à la 4 et ouvrir la porte... »

J'ai entendu mon amie haleter. Elle commençait à avoir peur, je le sentais. Je lui ai parlé pour la rassurer, mais sa tension nerveuse était trop forte.

Ses mains tremblaient si fort, m'a-t-elle dit, qu'elle n'arrivait pas à introduire la clé dans le quatrième lampadaire, d'autant que le trou de la serrure était bouché avec un vieux chewing-gum.

— Enlève-le avec un de tes outils.

C'était un bon conseil. Elle a utilisé une tige de métal de la taille d'un cure-dent, idéale dans ces circonstances.

Elle a trouvé une petite boîte métallique dans un recoin où personne n'aurait la moindre raison de glisser la main.

Puis elle a soufflé :

— Je n'aime pas cet endroit, Ryan. Quelque chose ne va pas.

— Quoi ? Qu'est-ce qui ne va pas ?

— Il y a quelqu'un, je sens une présence.

C'est la dernière phrase que j'ai entendue.

J'ai appelé :
- Sarah !
Elle n'a pas répondu.
La communication s'est coupée.

Jeudi 23 juin, 00h18

J'ai tenté deux fois de rappeler, je n'ai eu que son répondeur. J'ai arpenté ma chambre de long en large en me demandant ce qui se passait. Y avait-il vraiment quelqu'un?

Puis mon téléphone a vibré; j'avais un texto: « Il est là. »

J'ai tapé aussi vite que mes doigts me le permettaient: « Qui? »

Sa réponse a été la pire chose que j'aie jamais lue: « Joe Bush. Il est là. »

J'ai enfoui mon visage dans l'oreiller pour étouffer mon hurlement.

Deux minutes plus tard, mon portable a vibré de nouveau. Un appel, cette fois.

— Tu as voulu me faire peur, hein? S'il te plaît, Sarah, dis-moi que c'était une blague!

— Je suis dans ma voiture, tout va bien. Non, je ne blaguais pas. Il était là, Ryan. Il se tenait là, dans l'ombre.

— Tu es sûre que c'était lui?

Je tentais de me convaincre moi-même qu'elle avait peut-être mal vu. Pourtant, je sais bien que le vieux Joe Bush est de retour.

— J'ai filmé, je te montrerai. Pour l'instant, je file d'ici. C'est fou, Ryan. C'est complètement fou.

Et elle s'est mise à rire. Elle était aussi excitée que terrifiée. Sarah Fincher adore ce genre de situation, quand les enjeux sont importants et les émotions garanties. Celle-ci dépasse tout de même ce qu'elle est capable de supporter. Elle riait, mais son rire frôlait la crise de nerfs. Je la connais assez pour sentir la différence.

— En tout cas, je l'ai! J'ai ce qu'on était censés trouver!

C'est la dernière phrase qu'elle m'a dite avant d'arriver à l'hôtel où elle doit passer la nuit.

Jeudi 23 juin, 00h42

Elle vient de me rappeler. Elle a eu un sacré choc, mais elle a retrouvé son sang-froid. Maintenant qu'elle est dans sa chambre d'hôtel fermée à clé, on se sent mieux, tous les deux.

La boîte métallique contenait une autre bobine de film. On va donc avoir un nouveau sermon de l'Apôtre.

Seulement, ses parents se sont montrés plus inquiets qu'elle ne s'y attendait. Ils ont voulu savoir où elle était exactement et pourquoi elle s'était à ce point écartée de son itinéraire.

— J'ai eu chaud ! J'ai bien cru qu'ils allaient m'obliger à rentrer à la maison.

Elle les avait appelés vers 21 heures pour leur dire qu'elle s'était trompée aux abords de Saint Louis, qu'au lieu de prendre la direction de Little Rock, elle avait pris celle de Springfield et qu'elle ne s'en était aperçue qu'après plusieurs heures de route.

— Ils ont marché. Ça m'ennuie un peu qu'ils me croient assez idiote pour rouler quatre heures dans le mauvais sens !

Dans la situation où on est, ça nous rendait plutôt service. J'ai plaisanté :

— Si tu dois encore faire un détour, ils en déduiront que tu n'as pas le sens de l'orientation, voilà tout !

— Tu ne comprends pas, Ryan, m'a-t-elle rétorqué. Je n'ai pas le droit de faire un autre détour. Ils ne m'ont retenu une chambre dans cet hôtel qu'après avoir fait subir à l'employée un véritable interrogatoire. J'étais morte de honte. Si ça m'arrive encore une fois, je n'aurai qu'à prendre tout de suite le chemin du retour. C'est ce que mon père a dit.

Ce n'est pas bon. Pas bon du tout. D'autant qu'il y aura d'autres moments, dans ce voyage, où maîtriser le temps tiendra du miracle.

Sarah est épuisée. Trop de route, trop de malbouffe, trop de phares dans les yeux, et pas assez de sommeil.

Je suis exténué, moi aussi. Il faut que je dorme.

Si je peux.

Jeudi 23 juin, 8h00

Sarah a dû se lever de bonne heure, parce qu'elle m'a envoyé le mot de passe qui permet d'accéder à ses nouvelles vidéos avant de reprendre la route vers Little Rock.

Ses images sont effrayantes à plusieurs titres.

Il y a d'abord ce documentaire troublant à propos du lycée Central de Springfield. La phrase « La porte 311 claque, et vous êtes mort » me mettait déjà mal à l'aise. À présent, je ne veux plus jamais l'entendre.

Puis vient le deuxième message de l'Apôtre, encore plus bizarre que le premier.

Mais le plus terrible, et de loin, c'est ce que sa caméra a enregistré devant le lycée. Je me demandais ce qu'elle avait vu exactement, elle a refusé de me le décrire. Ça ne m'étonne pas d'elle. Elle voulait me MONTRER, pour que j'aie aussi peur qu'elle.

Cette vidéo change tout. Elle met la barre encore plus haut.

sarahfincher.fr
Mot de passe :
311

Jeudi 23 juin, 9 h 24

Je comprends pourquoi elle n'a pas voulu m'en dire plus. Elle était sous le choc. Et je crois qu'elle a été tentée de tout laisser tomber. Elle est en route pour Little Rock. Elle arrivera en début d'après-midi, prendra un peu de repos avant de décider si elle continue ou non. Retournera-t-elle vers Boston ou prendra-t-elle la route d'Austin, au Texas? Chez elle, elle serait en sécurité. À Austin, il y a le Driskill, l'hôtel le plus hanté d'Amérique. Je vais la pousser à rentrer chez elle ou à aller droit à son stage en Californie, à oublier l'Apôtre et le reste.

Mais je sais qu'elle ne m'écoutera pas.

On ne peut pas revenir en arrière, à présent. Ni elle ni moi.

On est allés trop loin.

Je ne vais pas commenter ici le documentaire sur le lycée, la vidéo suffit. Mais je vais récapituler les nouvelles informations que nous avons sur la société du Crâne, et noter le message que le fantôme de Joe Bush nous a adressé.

Joe d'abord, puis le Crâne.

J'ai déjà entendu parler de ces esprits bienveillants, qui viennent protéger ou avertir les vivants d'un danger. Croire aux fantômes, c'est croire aussi à ceux-là. Voici ce qu'il a dit : « Je ne suis pas ici pour te faire du mal. Continuez, mais n'en parlez à personne. Ça ne ferait qu'attiser sa colère. Vous avez réveillé le Corbeau. »

Bon, premièrement, qui est ce Corbeau ?

Je connais le poème d'Edgar Poe, Sarah a même utilisé le titre comme mot de passe. Là, il s'agit, semble-t-il, d'une... créature, en colère contre nous.

On avait bien besoin de ça ! Un oiseau furieux à nos trousses !

Le plus intéressant, dans tout ça, c'est que le vieux Joe Bush pourrait bien être de notre côté. Qu'Henry se soit fait passer pour son fantôme ne signifie pas que le fantôme en question n'existe pas. Que cette apparition se soit emparée d'Henry ou qu'elle n'ait rien à voir avec lui, une chose reste sûre : le vrai Joe Bush était un brave type. Depuis le début, il protégeait notre ville.

À présent, on dirait qu'il tente de nous protéger, Sarah et moi.

Mais nous protéger de quoi? De qui?

Du Corbeau.

Sur le film, l'Apôtre montre une deuxième carte avec une tête de mort. Au dos est écrit le mot GROUND. Accolé au premier, UNDER, ça donne UNDERGROUND. SOUTERRAIN.

Je n'aime pas ça.

Le dernier endroit où je voudrais être si ce Corbeau surgit, c'est bien dans un souterrain.

Plus ça va, plus c'est inquiétant. Il me paraît clair, désormais, que l'Apôtre était à la tête de la société du Crâne. Voilà pourquoi il n'arrêtait pas de laisser des messages. De plus, il était en colère. Il a laissé des films derrière lui pour se protéger, pour dire aux autres membres du Crâne: «Traitez-moi avec respect, sinon je révèle vos secrets. J'ai le doigt sur la détente, ne m'énervez pas.»

Le film de l'Apôtre montre aussi que le Crâne n'aimait pas Thomas Jefferson. À l'époque, il a fait en sorte à plusieurs reprises de nuire à cet ancien président des États-Unis : en mettant le feu à sa maison, en le poussant à la faillite, et il n'est fait qu'une allusion à d'autres tentatives. Je me demande lesquelles.

Mon idée, c'est que la New-Yorkaise Or et Argent était une création du Crâne. Tout l'or que récoltait cette entreprise, y compris dans les autres dragues, ailleurs qu'à Skeleton Creek, appartenait au Crâne. L'Apôtre réclamait sans doute une part plus grosse que les autres. Il s'est montré trop gourmand, il a trop élevé la voix, et il a fini noyé dans la rivière.

Et qui est responsable de cet « accident » ?

Henry.

Plusieurs points restent à éclaircir :

Henry était-il, comme l'Apôtre, l'un des membres éminents du Crâne ? À la fin, en tout cas, ils étaient ennemis.

Le Corbeau était-il, lui aussi, à la tête de cette société secrète ?

Enfin, pour moi, la grande question reste : jusqu'où mon père est-il impliqué ?

Une pensée sinistre tourne dans ma tête, que je n'arrive pas à chasser.

Et si c'était lui le Corbeau ?

Fitz et moi sommes allés en ville manger un hamburger. On a discuté de pêche, de pêche et encore de pêche. Pourquoi ça a mordu si mal hier? Qu'est-ce qui différencie une bonne mouche d'une mauvaise? (La personne qui la fabrique, apparemment.) Quels ont été notre plus belle prise et notre record? (Trois poissons à la minute, a prétendu Fitz, mais je pense qu'il mentait.) Fitz peut discourir sur l'art de ferrer une truite avec autant d'enthousiasme que ma mère sur son groupe de rock préféré. Avec deux anciennes amies de lycée qui habitent Seattle, elle doit d'ailleurs assister à un concert mardi prochain. Elle ne parle que de ça depuis des jours. J'en ai touché un mot à Fitz et j'ai bien fait.

— Elle sera absente mardi et mercredi. Avec papa, on ira dîner dehors, on regardera la télé et on pêchera jusqu'à minuit. Ça va être super!

— Le paradis! Tu m'inviteras?

— OK, à condition que tu montes quatre dou-zaines de mouches à ma place. Mais il ne faudra

pas qu'elles soient parfaites, sinon papa se dou-
tera de quelque chose.

— Tope là !

Excellent marché ! Pour moi, quarante-huit
mouches représentent des heures de travail. Des
heures que je mettrai à profit pour notre enquête,
si je me retrouve de nouveau seul à la boutique.

Du coup, j'ai conclu :

— Payable d'avance, Fitz ! Il me faut ces
mouches demain matin. Je ne sais pas quand
j'en aurai besoin.

— Ce qui m'embête, c'est que tu ne les
veuilles pas parfaites. Ça va être difficile.

J'aime bien Fitz. On a beaucoup de points
communs, et il est drôle. Sa compagnie ne vaut
pas celle de Sarah, mais c'est mieux que rien.

Jeudi 23 juin, 21h00

Après la pause déjeuner, on est retournés sur la rivière avec papa. On n'avait pas de touristes à guider, mais on voulait voir si les choses allaient mieux. Effectivement, les poissons sautaient de nouveau pour attraper nos leurres. Avec un peu de chance, le week-end prochain nous amènera des pêcheurs dignes de ce nom, venus de Boise ou de Portland.

Pendant notre absence, Fitz a monté toutes les mouches qu'il me devait. J'aurais dû m'y attendre; ça m'a tout de même étonné. Quelle rapidité! Il me les a montrées quand papa a eu le dos tourné, et j'ai eu du mal à leur trouver des défauts.

— Crois-moi, Ryan, elles ne sont pas parfaites. J'aurais honte de présenter des trucs pareils à ton père.

Une bonne partie de pêche, et quarante-huit mouches dans mon sac à dos: c'est une bonne journée! Il me reste à espérer que Sarah va bien se reposer à Little Rock.

Je suis rentré à la maison à l'heure du dîner, où j'ai trouvé maman chantonnant sous le porche et battant la mesure avec une cuillère en bois. Elle était déjà au concert en pensée.

Je suis monté dans ma chambre pour reprendre l'écriture de mon journal. J'ai dessiné une carte des lieux que Sarah a déjà visités et de ceux où elle doit encore se rendre.

Voilà ma carte :

Elle a bien progressé, mais le plus dur est devant elle, et ça m'inquiète. Elle est restée bizarrement silencieuse toute la journée. J'espère que ce n'est pas mauvais signe. Mais je ne veux pas la harceler. Mieux vaut lui laisser quelques heures de tranquillité.

On a dîné sous le porche en tâchant d'éloigner les mouches, attirées par nos omelettes.

Je ne pensais qu'à Sarah.

Qu'aura-t-elle décidé demain matin ?

Vendredi 24 juin, 8 h 04

Je ne devrais sans doute pas m'exciter comme ça, mais je n'y peux rien : Sarah est de nouveau sur la route. Elle roule vers Austin. Elle est partie de bonne heure et devrait arriver à l'hôtel Driskill vers 17 heures. Après, elle continuera jusqu'à San Antonio, où habite une de ses tantes. Mme Fincher a une grande famille : trois sœurs et deux frères. Tous ont fui Skeleton Creek il y a des années. Une chance pour Sarah !

Donc, on continue. On va le faire. Plus exactement, Sarah va le faire. Je me sens comme un copilote abandonné dans le fossé, et ça me tue. Je voudrais tellement être à ses côtés, ou au moins en route vers quelque part ! N'importe quoi qui me sorte de mon ennui ! Ces longues journées assommantes dans la boutique me donnent de folles envies d'aventure.

On a fait quelques recherches sur l'hôtel Driskill. Sarah aura tout juste le temps de réaliser un documentaire. Elle arrivera tard à San Antonio et entamera tôt demain matin le long trajet jusqu'à Phoenix. Ensuite, un autre long trajet la mènera à San Jose où se trouve le dernier lieu à visiter : la Maison Winchester. De là, elle ira directement à Los Angeles, car le stage de cinéma commence lundi à 10 heures, et il faut qu'elle se présente la veille pour s'inscrire sur le campus.

Au petit déjeuner, mon père m'a annoncé ce qu'il considère sûrement comme une excellente nouvelle.

— Les types qui étaient à notre super journée de pêche de mardi en ont parlé à tout le monde, a-t-il commencé.

Il mangeait des céréales complètes, une habitude qu'il a prise pour compenser nos bar- becues trop gras.

— J'ai reçu un mail ce matin. On aura un groupe de quatre personnes pendant deux jours.

— Quand ?

— Mardi et mercredi. Le poisson a intérêt à être au rendez-vous !

Quelle tuile! Papa a déjà prévu une descente de la rivière sur dix-sept miles, assortie d'un campement au bord de l'eau. D'habitude, je serais ravi de conduire le deuxième canot et de servir du poulet froid à nos hôtes. Mais là, je n'ai aucune envie d'y aller.

— Ta mère sera à Seattle pour le concert, je ne veux pas te laisser seul à la maison. On confiera la boutique à Fitz, et il en profitera pour nous monter un bon millier de mouches.

Ça m'a fichu un coup. Non seulement je ne respecterai pas le pacte avec Fitz et devrai lui rendre ses mouches, mais je risque en plus d'être injoignable pendant deux jours. En principe, à ce moment-là, Sarah n'aura pas besoin de moi, elle sera à son stage de cinéma. Seulement, je la connais : qu'on découvre un cinquième endroit à visiter, et elle se fera porter malade pour s'y rendre.

Quant à mon père, impossible de le faire changer d'avis. Si je lui propose d'emmener Fitz à ma place, il se plantera sur ses talons et m'assènera d'un ton sans réplique : « Non, c'est toi qui iras. N'essaie pas de te défiler. »

Ensuite, il a lâché une deuxième bombe :

— J'ai parlé au père de Sarah, hier soir. Il paraît qu'elle traverse le pays toute seule au volant de sa voiture. Pourquoi tu ne m'en as rien dit ?

Je n'avais pas prévu cette question, ce qui est plutôt stupide de ma part.

— Tu sais, elle est indépendante, ai-je improvisé. C'est une débrouillarde. À ce propos, je te rappelle que, moi aussi, j'ai mon permis. Pourquoi vous ne m'avez jamais laissé faire une virée dans la campagne ?

J'ai lancé ça sur le ton de la plaisanterie, et maman s'est esclaffée comme si c'était la blague de l'année.

— Ses parents sont inconscients, s'est écrié papa. Mais elle a un an de plus que toi, et de la famille un peu partout dans le pays. Toi, estime-toi heureux qu'on te laisse conduire le camion jusqu'à la rivière.

Bien joué ! En ramenant le sujet sur ma personne, j'avais détourné leur attention de mon
amie l'aventurière. Au moins pour un temps.
Mon père m'a tout de même lancé un coup d'œil
soupçonneux ; par chance, sa partie de pêche lui
occupait l'esprit. Deux journées entières sur la
rivière, ça exige une bonne organisation. Les
soucis du boulot l'ont emporté sur ceux que lui
cause son imbécile de fils.

Vendredi 24 juin, 14h00

Papa a vendu la mèche ; il a parlé à Fitz de notre prochaine expédition. Pour atténuer sa déception, il l'a emmené sur la rivière pour l'après-midi. Fitz m'a d'abord ordonné de lui rendre ses mouches. Mais, quand je les lui ai tendues, il les a longuement regardées d'un air dégoûté. Elles n'étaient pas assez bien pour lui. Quand il s'agit de mouches, c'est un vrai snob.

– Garde-les. Tu en auras besoin.

Voilà qui a sonné délicieusement à mes oreilles, car papa m'a justement demandé d'en monter quatre douzaines aujourd'hui. Du coup, je peux flâner, recevoir tranquillement les éventuels clients et, surtout, attendre des nouvelles de Sarah, qui devrait arriver à Austin vers 15 heures.

Papa et Fitz ont quitté le parking de la boutique à midi, et j'ai aussitôt entrepris de sérieuses recherches sur l'hôtel Driskill.

J'ai mentionné l'autre jour ce qui concerne les miroirs, comment on y voit le reflet de la dame morte, qui viendra ensuite hanter vos cauchemars

POUR LE RESTE DE VOTRE VIE. Désolé, j'ai besoin de « crier » ces mots, c'est trop flippant. D'autant que le Driskill a connu plus d'événements paranormaux que tout autre endroit du pays.

En voici quelques-uns :

— Une fillette, qui a séjourné à l'hôtel il y a très longtemps, avait un ballon rouge. Étant sortie en douce de la chambre de ses parents pour jouer avec son ballon, elle est tombée dans l'escalier et s'est rompu le cou. On l'a retrouvée en bas, toute disloquée. Depuis, sur le palier du deuxième étage et dans la cage d'escalier, on entend des pleurs d'enfant et le bruit d'un ballon qui rebondit.

— Le premier propriétaire de l'hôtel aimait beaucoup cet endroit, mais il s'est retrouvé ruiné avant d'avoir achevé la construction. Ce type était un grand amateur de cigares. De temps en temps, on sent ici ou là une odeur de fumée, phénomène inexplicable puisque l'établissement est non-fumeurs.

— Et puis, il y a l'histoire de « la fiancée de Houston ». Cette jeune fille s'est suicidée dans l'une des chambres après que son amoureux a rompu les fiançailles. La chambre a été condamnée, mais la jeune fille – ou plutôt son fantôme – revient et frappe à la porte pour qu'on la laisse entrer.

Rien de vraiment terrifiant, me direz-vous. Rien de très rassurant non plus. Sarah devra veiller à ne pas se faire remarquer non seulement par le personnel de l'hôtel, mais aussi par un certain nombre de spectres. Il faudra qu'elle s'introduise dans la chambre aux miroirs et mette la main sur le film. Pourvu qu'elle ne casse pas de miroir, ça porte malheur !

Si on en croit le rébus, la bobine se trouve derrière le cadre, au bas du miroir du milieu.

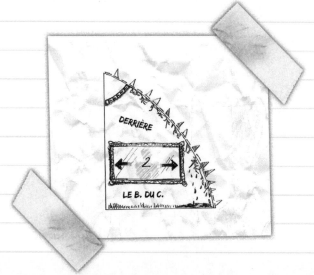

Le fantôme de Joe Bush apparaîtra-t-il au Driskill ?

Non.

En plein jour, ça me paraît improbable.

Vendredi 24 juin, 18h00

J'avais tort ! NOTRE fantôme, celui de Joe Bush, hante le Driskill.

Sarah est entrée dans l'hôtel avec un groupe de touristes et s'est introduite dans la fameuse chambre sans difficulté. Elle a trouvé le miroir qu'elle cherchait et le film caché derrière. Puis, dans le reflet du miroir...

Il faut le voir pour le croire !

sarahfincher.fr
Mot de passe :
CHAMBREAUXMIROIRS

Vendredi 24 juin, 23 h 00

Ma journée de travail est terminée, j'ai discuté un moment avec maman sous le porche. Sarah est en sécurité à San Antonio, chez sa tante. Demain, elle sera au volant : il y a quinze heures de route jusqu'à Phoenix. Et je passerai le samedi à la boutique, le seul jour où elle ne désemplit pas. Le poisson mord de nouveau ; on va vendre pas mal de matériel et donner quantité de conseils.

Mais ce soir, tout ça n'a guère d'importance par rapport aux cauchemars qui m'attendent. Cette vidéo m'a glacé le sang. Le vieux Joe Bush dans le miroir, ce n'était pas une illusion ! Sa façon de bouger, de chuchoter... Il était vraiment là ! Peut-être y a-t-il derrière ces miroirs des pièces secrètes où le Crâne se réunissait pour élaborer des plans machiavéliques ? Allez savoir !

En résumé :

– Jamais, au grand jamais, je ne séjournerai dans cet hôtel.

– C'est confirmé : l'Apôtre était en lutte ouverte avec les autres dirigeants du Crâne.

– Le rébus tombé de la poche d'Henry a été dessiné par l'Apôtre, c'est certain. Et ce rébus mène à un secret que le Crâne ne souhaite pas voir divulgué.

– La société secrète qui protégeait la drague et celle-ci ne sont pas les mêmes. Que l'Apôtre ait utilisé le même nom était une ruse pour prendre le pouvoir, un avertissement aux autres dirigeants du Crâne : s'ils ne lui donnaient pas ce qu'il voulait, il révélerait tout. Il avait déjà commencé en communiquant le nom du Crâne à Joe Bush. Cela signifie deux choses : mon père ne fait pas partie de cette organisation (ouf !), et l'Apôtre jouait un jeu dangereux.

C'est ce jeu dangereux, j'en suis presque sûr, qui a conduit Henry à entraîner l'Apôtre au bord de la rivière. Ils ont vraiment dû se battre, comme Henry l'a raconté, puisque ça c'est terminé par la noyade de l'Apôtre. C'est ainsi que le rébus a dû se retrouver dans la poche d'Henry. Il est dans la mienne, à présent, et je suis à deux doigts de découvrir où il conduit.

Enfin, le mot PORT, qui s'ajoute à UNDER et à GROUND.

Ça me trouble... Quelque chose est certainement caché sous la terre. Mais les trois mots ensemble peuvent aussi bien désigner un port souterrain qu'un souterrain dans un port. En tout cas, il s'agit d'un endroit au bord de l'eau.

J'espère que, grâce à la Maison Winchester, nous en apprendrons davantage.

Sarah est convaincue qu'il faut fouiller la piste de Thomas Jefferson. Les membres du Crâne le haïssaient et avaient juré sa perte. Ils ont tenté de le tuer, ils l'ont acculé à un désastre financier. Qu'ont-ils pu inventer d'autre pour lui nuire? J'ai le pressentiment que le mystère se dissipera après la visite de Sarah à la Maison Winchester.

La dernière étape de son voyage sera la plus étrange. Elle dormira à Phoenix, dans une chambre d'hôtel réservée par ses parents, et achèvera son périple dimanche. Elle est attendue à Los Angeles dans la soirée pour son inscription sur le campus de l'UCLA, et son stage de cinéma débutera lundi matin. Elle sera dans les temps, à condition de quitter Phoenix avant l'aube.

Son programme est chargé :

— Elle se couchera dès son arrivée à Phoenix, demain soir vers 21 heures.

— Elle se lèvera à 3 heures et partira aussitôt. Il lui faudra environ dix heures pour aller jusqu'à San Jose, où elle devrait donc arriver à 14 heures.

— Elle reprendra la route à 16 heures, ce qui, dans une hypothèse raisonnable, l'amènera à l'UCLA à 21 heures.

Je suis fatigué, mais je redoute les cauchemars qui vont m'assaillir dès que j'aurai fermé les yeux. Je voudrais parler à quelqu'un, mais je n'ose pas appeler Sarah, elle doit dormir. Fitz n'a pas le téléphone. Mes parents sont sortis.

Encore une nuit solitaire à Skeleton Creek.

Si seulement je pouvais avoir une vie normale !

Samedi 25 juin, 15h10

Pas grand-chose de nouveau. Sarah roule vers Phoenix. Je lui ai parlé ce matin ; elle avait l'air en forme, quoique aussi troublée que moi. Elle a hâte de commencer son stage de cinéma, mais plus encore de visiter la Maison Winchester et de découvrir ce qui se cache en haut de cet escalier qui ne mène nulle part.

Dimanche 26 juin, 9h11

Mortellement calmes : tels sont les dimanches matin à Skeleton Creek.

Je ne sais pas trop quoi écrire. Il ne se passe rien, ici, qui vaille la peine d'être mentionné. Quant à Sarah, elle n'a rien d'autre à faire que conduire en écoutant de la musique. Elle s'ennuie, je m'ennuie. Je parie que le fantôme de Joe Bush s'ennuie, lui aussi, assis quelque part dans une tombe. À moins qu'il ne tape le carton avec d'autres morts pendant qu'on poursuit notre enquête.

Si on revenait à l'Apôtre ? Ce type était cinglé, ou bien il jouait les cinglés. En tout cas, il allait à l'église le dimanche. Mes parents ne sont pas croyants, mais ils respectent le dimanche à leur manière. Ce jour-là, la maison est silencieuse, comme si chacun marchait sur la pointe des pieds. Des voisins qui passent, leur Bible à la main, nous jettent des regards en coin, l'air de dire : « Vous devriez être à l'église, espèces de mécréants ! » Et nous, on sirote notre café sous le porche en bouquinant.

Au fond, c'est un jour spirituel pour nous aussi. On laisse les affaires du monde de côté pendant quelques heures. On se parle plus doucement. D'ailleurs, qu'est-ce qu'une église ? Mon père aime à dire : « Ça ne se résume pas à un bâtiment, c'est sûr. » Cette phrase me paraît pleine de sagesse.

Mon paradis à moi, c'est la rivière. Là-bas, je me sens en communion avec celui, quel qu'il soit, qui a créé tout ça. Là-bas, je me sens en paix. Lancer ma ligne est ma façon de prier, aussi modeste soit-elle. Il n'y a rien de plus beau et de plus mystérieux qu'un poisson dans une rivière de montagne. Il mène une vie secrète dans un monde que je ne connaîtrai jamais. Mais, si je l'attrape, je le tiens un instant entre mes mains. Je peux alors l'assommer ou le remettre en liberté. Comme vous vous en doutez, je relâche toutes mes prises. Je ne veux pas rompre l'équilibre de la nature.

Voilà le genre de réflexion qu'entraîne en moi le silence de Skeleton Creek, pendant que mon amie roule, roule, roule. La pêche aide à comprendre le sens de la vie.

J'ai hâte que la Maison Winchester nous dévoile ses mystères ! Encore quelques heures avant que Sarah y soit. Moi, à ce moment-là, je tiendrai la boutique avec Fitz, tandis que papa fera la sieste sous le porche ou lira le journal du dimanche.

Dimanche 26 juin, 16h00

Ça ne dérange pas Fitz si je téléphone pendant les heures de travail, mais je n'aime pas parler à Sarah quand il est dans les parages. C'est un garçon plutôt réservé, très concentré quand il monte ses mouches ou qu'il se plonge dans quelque ouvrage technique. Malgré tout, je préfère le tenir à l'écart de nos activités. Moins ça se saura, mieux ce sera.

Aussi, la discussion qu'on vient d'avoir m'inquiète.

– Comment va Sarah ? s'est-il enquis.

J'ai cru à un simple prétexte à bavardage, et m'en suis débarrassé d'un :

– Très bien, merci.

– J'aimerais avoir un portable, a-t-il continué. Papa ne veut pas. Il dit que ça coûte trop cher.

– Il n'a pas tort. La moitié de mon salaire passe dans mon forfait.

– Ça doit être sympa de discuter avec elle pendant qu'elle est sur la route.

Une remarque anodine, m'a-t-il d'abord semblé. Puis je me suis demandé comment il était au courant. Je ne lui avais parlé de rien.

Fitz a levé le nez du modèle de mouche particulièrement délicat qu'il était en train de monter :

— Ton père se fait du souci pour toi, il me l'a dit.

C'était donc ça! Papa met à profit leurs tête-à-tête sur la rivière pour lui tirer les vers du nez, espérant ainsi creuser une brèche dans mon mur de silence.

— Mon père est parano. Avec lui, la moindre chose prend des proportions invraisemblables. Sarah est en route pour Los Angeles, où elle va faire un stage de cinéma. Ça n'a rien d'extraordinaire.

— C'est toi qui es parano. Ton père s'inquiète pour toi, c'est tout.

Cette conversation commençait à m'agacer. Fitz essaie-t-il de devenir le complice de mon père? Mais il arrivait à la phase finale de sa mouche parachute, et je n'ai pas insisté.

– Tu n'imagines pas la chance que tu as, a-t-il conclu. Moi, je ne vois presque jamais mon père ; et, quand il est là, c'est à peine s'il me parle. Rien ne l'intéresse, pas même la pêche.

Pour la première fois depuis qu'on se connaît, je l'ai plaint. Son père ne vient jamais en ville ; je ne l'ai jamais rencontré. Tout ce que je sais de lui, c'est qu'il est bûcheron. Couper des arbres, ça rapporte encore moins que de tenir une boutique de pêche, et c'est bien plus fatigant.

Bref, je n'ai pas appelé Sarah. Je me suis contenté de lui envoyer des textos, ce qui n'était pas des plus pratiques pour elle pendant qu'elle visitait la Maison Winchester.

Moi : « Suis à la boutique. Peux pas te parler, Fitz est là. »

Sarah : « Tu ne sais pas ce que tu rates. Ce bâtiment est gigantesque, bizarre, impression-nant. Et on a le droit de filmer ! »

Moi : « Tu as trouvé l'escalier qui ne va nulle part ? »

Sarah : « Minute ! »

Moi : « Tu me fais bouillir d'impatience. »

Sarah : « Tu es resté chez toi, tant pis pour toi. »

Moi : « Tu es injuste. »

Sarah : « Quand tu m'as laissée creuser toute seule dans un cimetière, à minuit, tu l'as été aussi. »

Moi : « Touché. »

Sarah : « Je m'éloigne du groupe. Attends un peu. »

Quatre minutes ont passé.

Sarah : « J'ai eu chaud. J'ai failli me faire pincer. »

Moi : « Et alors ? Tu l'as ? »

Sarah : « Je l'ai. »

C'était fait. Elle avait en main le dernier indice laissé par l'Apôtre, et il n'était que 14 heures 42.

On a de l'avance sur le programme.

Dimanche 26 juin, 23 h 57

Jamais une journée ne m'a paru aussi longue. À Sarah aussi, j'imagine : rien de plus frustrant que d'avoir un film 8 mm sur le siège arrière de sa voiture et de devoir attendre, pour le regarder, d'avoir trouvé une prise de courant, branché le projecteur et dirigé l'objectif vers un mur blanc. Sarah a roulé jusqu'à Los Angeles. Elle est arrivée sur le campus peu après 20 heures et s'est installée aussitôt. Sa compagne de chambre est une fille du coin, qui ne sera là que demain matin. Pour le moment, Sarah a donc la pièce pour elle.

Après son arrivée, elle m'a appelé deux fois. La première pour me dire qu'elle était enfin dans sa chambre. La seconde après avoir regardé le dernier film de l'Apôtre. Comme à son habitude (une habitude exaspérante), elle a refusé de me révéler ce qu'il contenait. Elle m'a tout de même raconté qu'il y a bel et bien un cinquième lieu et qu'elle sait où il se trouve. J'ai eu beau l'asticoter, elle n'a rien lâché de plus.

— Accorde-moi quelques heures, et tu verras.

C'est tout ce que j'ai pu obtenir.

Avec elle, mieux vaut ne pas insister. Elle serait capable de me faire poireauter exprès jusqu'à demain. Elle veut être réalisatrice, et ce film met le point final à son voyage. Pour elle, dévoiler les choses au téléphone, ce serait comme me lire la dernière page d'un livre quand je suis encore au milieu de l'histoire. Je le comprends, mais ça me rend dingue.

J'ai passé les trois heures suivantes à examiner le rébus et la carte, me demandant où cela va nous mener et comment Sarah pourra se rendre sur le dernier lieu. Une chose est sûre : ça devra attendre, car elle ne pourra pas s'esquiver de son stage. Elle a déjà eu beaucoup de chance d'aller au bout de ce périple sans avoir de sérieux ennuis.

À 23 heures 30, un message s'est affiché sur mon téléphone : « Ouvre ta boîte mail. Suis comme un zombi, complètement vidée. Vais dormir. »

Je peux difficilement la blâmer. Sept jours de route, cinq cents miles parcourus, quatre lieux hantés visités. Sarah en a fait dix fois plus que moi. Elle mérite un peu de repos avant un stage qui promet d'être exténuant.

J'ai allumé mon ordinateur et trouvé son message :

Ryan,

Comme d'habitude, j'ai tout chargé sur mon site. L'histoire de la Maison Winchester est la meilleure de toutes. J'aurais pu passer une semaine sur ce documentaire, mais je n'ai pas le temps. Tu me verras aussi trouver la bobine, qui était cachée à côté de l'escalier. J'ai dû arracher un morceau de plinthe, j'espère ne pas être poursuivie pour dégradations. Et puis, il y a le film de l'Apôtre.

Désolée d'avoir à te dire ça, Ryan, mais ça va être ton tour.

Tu comprendras ce que je veux dire quand tu regarderas la vidéo.

Et quand tu découvriras le papier qu'il y avait dans la boîte, avec le film. Un papier sur lequel est dessiné un plan... Je le scanne et je te l'envoie.

Mot de passe : RAINSFORD.

Bizzzzzzzz.

S.

J'ai aussitôt eu un mauvais pressentiment: le dernier site devait se trouver non loin de Skeleton Creek. Autrement dit, c'est moi qui irais creuser dans un cimetière à minuit ou faire n'importe quoi de tout aussi sinistre.

Malheureusement, c'est encore plus sinistre.

Rainsford. Excellent mot de passe, Sarah! Le héros d'un film qu'on adore tous les deux: « Les chasses du comte Zaroff ». Rainsford accoste sur une île où il va être traqué comme un animal. Sarah pense-t-elle que je vais devenir le gibier de notre histoire? En ce cas, qui va jouer le rôle du chasseur? Le Corbeau, l'un des fantômes de la Maison Winchester, ou quelque autre créature de la nuit?

Pour en savoir plus, regardez la vidéo. C'est ce que j'ai dû faire.

sarahfincher.fr
Mot de passe :
RAINSFORD

Lundi 27 juin, 00 h 14

Pas besoin d'être Sherlock Holmes pour comprendre que je suis dans de sales draps.

Je suis plus près que Sarah du dernier site à visiter.

Ces quatre mots : UNDER, GROUND, PORT, LAND ne peuvent désigner qu'un seul endroit : PORTLAND UNDERGROUND ! Les souterrains de Portland, qui servaient à la contrebande d'alcool, au début du XX⁰ siècle, au temps de la prohibition. À cette époque, le transport et la vente de boissons alcoolisées étaient interdits, ce qui avait entraîné des tas de trafics illicites.

Et l'Apôtre a même fourni un plan des souterrains !

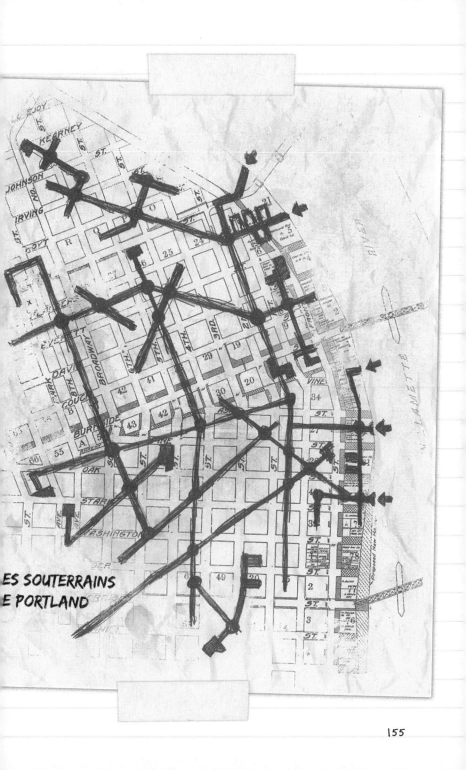

ES SOUTERRAINS
E PORTLAND

155

Portland est à au moins quinze heures de route pour Sarah. Impossible pour elle de s'y rendre, même après la fin du stage : ce n'est pas du tout dans la même direction que Boston.

Cette fois, c'est à moi de jouer. Je vais quitter Skeleton Creek et rouler jusqu'à Portland. Sept heures de route.

Et si le fantôme de Joe Bush m'attend là-bas, dans un recoin du souterrain ?

J'ai l'impression de marcher vers ma propre tombe sans aucun espoir d'en ressortir.

Lundi 27 juin, 8 h 20

Je sais ce que je dois faire, et JE NE VEUX PAS LE FAIRE. J'ai quitté la maison de bonne heure, ce matin, pour venir réfléchir au café. On va être très occupés, aujourd'hui, à la boutique, à préparer le matériel pour l'expédition sur la rivière. J'ai trouvé une solution pour éviter d'y aller, bien que ça me tue de laisser ma place à Fitz. Mais un signe s'est affiché dans le ciel, et même si je me fourre dans les pires ennuis, je n'ai pas le choix. Papa sera absent mardi et mercredi. Ce matin, il va conduire maman à l'aéroport de Boise, où elle prendra l'avion pour Seattle. Ça me donne deux jours de liberté. Mes parents ne reviendront pas avant 8 ou 9 heures du soir, mercredi. C'est ma seule chance.

Je n'arrive pas à croire ce que j'écris. Je vais réellement prétendre m'être blessé, monter dans le mini-van de maman et rouler jusqu'à Portland? Si mes parents apprennent la vérité, ils ne me laisseront plus jamais prendre le volant. Ils me confisqueront mon ordinateur et mon téléphone portable, ce qui mettra un terme

157

à mes relations avec Sarah; et cet été sera le plus solitaire de ma vie. Déprimant.

Tout ça pour une folie.

Les risques sont énormes; néanmoins, le jeu en vaut la chandelle.

Ça me chagrine de le reconnaître, mais Sarah est autrement plus indépendante que moi. Elle a quand même traversé tout le pays pour aller à Los Angeles. Il faut que je sorte de cet endroit où il ne se passe rien, que je me frotte au danger. À mon tour d'affronter mes peurs, pour une fois!

J'ai examiné le plan des souterrains de Portland et repéré les entrées par où on peut y accéder... si elles existent encore. J'ai alors remarqué une croix. Elle ne peut désigner qu'une chose: l'endroit où je trouverai... Quoi? Ce vers quoi notre quête nous mène depuis le début.

J'entends la motocyclette de Fitz.

Le moment est venu de lancer la première phase de ma petite machination.

Lundi 27 juin, 9 h 15

C'est agréable de faire plaisir à un ami, de temps en temps, même si le prix à payer est un face-à-face avec un fantôme. Je suis sorti du café au moment où Fitz garait son engin; je me suis approché en boitant. Les émanations du pot d'échappement m'ont donné la nausée. L'odeur du café mêlée à celle de l'essence n'est pas le meilleur effluve qui soit.

– Tu t'es planté un hameçon dans le gros orteil, ou quoi? m'a lancé Fitz.

Celui-là! Pour lui, tout a un rapport avec la pêche!

– Je suis tombé dans l'escalier, et ça a réveillé la douleur dans ma jambe, ai-je menti.

J'avais déjà utilisé ce bobard avec mes parents, et ils avaient tout avalé, l'hameçon, la ligne et les plombs. (Allons bon! Voilà que je parle comme Fitz!)

– Pas de bol! Tu vas être mal sur une barque pendant deux jours.

– C'est pour ça que je n'irai pas. C'est toi qui feras le boulot.

— Oh! sérieusement?

Fitz rayonnait. Je ne l'avais jamais vu aussi heureux, ce qui m'a d'abord réjoui. Mon contentement n'a duré que le temps de regagner le café en boitillant ostensiblement pour me rasseoir dans mon coin.

Je vais vraiment faire ça?

Comment ai-je pu me fourrer dans une situation pareille? Renoncer volontairement à une super partie de pêche, mentir à mes parents, prendre des risques insensés! Je dois être dingue...

Sarah et moi sommes revenus là où nous mènent toutes nos aventures: au bord du désastre.

Lundi 27 juin, midi

Maman s'est envolée vers Seattle. Son mini-van déglingué est garé à côté de la maison. Les pneus sont presque lisses, et ça m'inquiète. Ce tas de ferraille supportera-t-il le voyage jusqu'à Portland, aller et retour?

Si je prenais plutôt l'autocar?

Lundi 27 juin, 15h00

Fitz vient de partir pour parler de l'expédition à son père. Il sait à peu près dans quel coin les bûcherons travaillent, sans connaître l'endroit exact. Il en a sûrement pour un moment. Pendant ce temps, je vais aider papa à emballer le matériel tout en claudiquant dans la boutique et en gémissant de mon mieux.

Je déteste mentir, et plus encore m'enferrer dans le mensonge. Chaque pas me rappelle à quel point je risque de décevoir mes parents.

Si mon père découvre la vérité, il me tuera.

Lundi 27 juin, 19h00

Fitz a été long, mais il a fini par revenir. Tout est prêt.

Demain matin, papa conduira la camionnette, avec les canots à l'intérieur. Il prendra Fitz au passage afin que la motocyclette ne reste pas garée devant la boutique pendant ces deux jours. Papa s'imagine que je serais tenté d'aller faire un tour en ville avec. En d'autres circonstances, ce serait peut-être le cas : j'ai très envie d'essayer cet engin, et Fitz le surveille toujours d'un œil jaloux.

Les quatre touristes suivront la camionnette avec leur propre véhicule.

Deux heures plus tard, ils atteindront une zone où le téléphone ne capte pas.

Le dernier mot que Fitz m'a dit avant de rentrer chez lui a été : « merci ». On n'aura peut-être pas d'autre occasion de faire une virée de deux jours sur la rivière, cet été. Ça l'arrange que je sois handicapé juste au bon moment. Je comprends ce qu'il ressent et je ne peux pas lui en vouloir. Mais ce « merci » me reste en travers de la gorge.

Lundi 27 juin, 22 h 11

Maman a appelé deux fois pour s'assurer que tout allait bien. Sarah a raison, il est grand temps que je m'émancipe. Je n'ai plus dix ans, j'en ai seize, et j'étouffe à Skeleton Creek. Sarah a eu la chance de partir. Moi, si ça continue, je travaillerai encore à la boutique à cinquante ans et, le soir, je rentrerai manger la soupe chez mes parents.

Inutile de le nier :

1) Je suis nul.

2) J'ai la trouille de quitter cette ville et je n'arriverai peut-être jamais à me décider.

Par chance, un mail de Sarah m'a tiré de ces tristes réflexions. Sans doute le meilleur mail que j'aie jamais reçu.

Cher Ryan,

J'allais t'appeler, puis j'ai pensé qu'il valait mieux mettre ça par écrit, même si l'écriture n'est pas mon truc. Ma première journée de stage a été super.

En fait, non, c'est un mensonge, et à toi, je ne peux pas mentir.

Ma première journée de stage a été affreuse. Qu'est-ce qui m'a pris de me fourrer dans un truc pareil ? Comment ai-je pu penser qu'une petite provinciale comme moi trouverait sa place parmi des gens de Los Angeles, la capitale mondiale du cinéma ? Je te jure, il y a un gamin de treize ans qui s'y connaît un million de fois mieux que moi en technique. Le travail qu'il a présenté, c'était *Usual Suspects* et *Paranormal Activity* réunis. Alors, tu imagines ce que les stagiaires de mon âge ont réalisé ! Éclairages, scénario, montage, direction d'acteurs, prises de vues, cadrage, bande son... tout y est.

Moi, je filme, je coupe, je raccorde, et voilà.

Ryan, je suis dépassée, complètement larguée.

Bon, fermons le bureau des pleurs ! Parlons plutôt de toi.

Je sais ce que tu penses : tu n'es pas sûr d'être à la hauteur. Tu peux le faire, TOI, Ryan McCray. Tu le peux. Tu vas te mettre en danger ? Sûrement ! Et ça vaut le coup. Tu as gagné le droit de savoir ce que le Crâne dissimule.

Réfléchis. Si tout ceci est en rapport avec Thomas Jefferson, troisième président des États-Unis d'Amérique, on restituera à la nation une chose qui ne doit pas rester perdue.

Qui sait, on changera peut-être le cours de l'histoire ? Il ne faut pour ça qu'un peu de courage et un mini-van.

À toi de jouer, Ryan ! Ne laisse pas passer ton tour !

Sarah

Elle a raison; je peux le faire.

Je DOIS le faire.

Demain, ma vie va changer.

Je vais quitter Skeleton Creek.

Je lui ai répondu:

Merci pour ton invitation à la soirée «Pleurons sur le sort de Sarah Fincher.» Une par siècle suffira, parce que, Sarah, tu vas les bluffer, j'en suis certain. Accorde-toi une journée ou deux d'observation, absorbe tout comme une éponge. Tu ne peux que faire des progrès. Je parie que tu sortiras de là en tête du classement, parce que tu possèdes ce que la plupart des gens n'ont pas: quelque chose à dire.

Demain matin, je vais emprunter la voiture de ma mère et rouler vers Portland.

Compte sur moi.

R.

Mardi 28 juin, 10h00

Je sais, je sais, je sais! Je devrais déjà être parti. Si je ne me dépêche pas, j'arriverai là-bas à la nuit tombée, et ce sera un désastre. Pas question! Je ne pourrai peut-être même pas pénétrer dans les souterrains. D'après le plan, ça paraît facile, mais il a dû être dessiné il y a au moins cinquante ans. Si ça se trouve, ces entrées n'existent plus.

Cette nuit, j'ai fait un cauchemar. Le vieux Joe Bush me poursuivait le long d'un couloir, armé d'une hache. Je ne pouvais pas courir, enlisé dans le goudron jusqu'aux genoux. Et lui, il flottait vers moi, de plus en plus près. Je suis tombé, j'ai senti le goudron envahir mes poumons, et je me suis réveillé en sueur. Trop terrifié pour quitter mon lit, je suis resté allongé dans le noir, frissonnant. Un souffle de vent a écarté mes rideaux, et je l'ai vu.

Il était là. Ce n'était pas une ombre ni une branche.

Alors que je sortais difficilement de ce rêve goudronneux, me demandant ce que je déciderais de faire au matin, le fantôme de Joe Bush m'observait.

Je me suis détourné, incapable d'affronter ce regard, tout juste capable de taper pour Sarah un texto affolé: « Il est là. Il est là. Il est là. »

Elle n'a pas répondu.

Malgré mes efforts pour rester éveillé, je me suis rendormi à l'aube. C'est mon père qui m'a tiré du sommeil en tambourinant contre ma porte à 8 heures. On se lève tôt, à Skeleton Creek, ça fait partie de la culture locale. 8 heures, c'est bon pour les paresseux.

– Je pars dans un quart d'heure, tu pourrais te bouger un peu, m'a-t-il lancé, visiblement contrarié que j'aie dormi si tard.

Il craint que je ne tienne pas bien la boutique en son absence, mais il ne peut compter que sur moi. Et en effet, je vais le laisser tomber; à cette idée, j'ai un trou énorme au milieu de l'estomac.

Quand j'ai fait mon apparition sous le porche, vêtu d'un short et d'un T-shirt froissé, il m'a énuméré ses consignes pour la millième fois:

ne pas en profiter pour faire un tour en voiture, prévoir un casse-croûte pour que la boutique reste ouverte à l'heure du déjeuner, ne pas déranger ma mère.

— Je n'aurai pas besoin de la déranger, elle va me téléphoner au moins dix fois, ai-je rétorqué.

C'est certain. À l'idée que je sois livré à moi-même, elle doit être folle d'inquiétude.

J'ai commis l'erreur de suivre papa quand il s'est dirigé vers sa camionnette. Et j'ai oublié de boiter, l'esprit encore englué dans le goudron de mon cauchemar.

— Ta jambe va mieux, on dirait, a-t-il remarqué.

Surprise ou soupçon? Je n'aurais su le dire.

— Ça me fait encore mal, mais, oui, je la bouge mieux.

— Trop tard pour changer nos plans, c'est dommage. Repose-toi, champion, ce sera pour la prochaine fois.

Il a ouvert la portière grinçante, et la culpabilité m'est tombée dessus, aussi grosse qu'une armoire. Il m'a plaint, il m'a appelé « champion », c'est rare. Et je vais le trahir dans les grandes largeurs. Il me confie la boutique, et je n'y serai pas.

Sur le moment, j'ai pensé que le jeu n'en valait pas la chandelle. Quoi que je découvre, là-bas, je risque de perdre l'estime et la confiance de mon père.

Voilà pourquoi j'ai tant de mal à me décider.

J'écris dans le mini-van toujours garé devant chez moi ; j'ai les mains qui tremblent.

Voilà presque une heure que je suis assis là.

Mardi 28 juin, 12 h 11

Je pars.

Mardi 28 juin, 15h00

Pour aller à Portland, il faut rouler sept heures sans s'arrêter. Et j'ai dû m'arrêter dans un supermarché. J'étais si stressé, ce matin, que j'ai oublié d'emporter une pelle. J'avais rempli mon sac à dos de tous les outils imaginables : tournevis, lime, hachette, marteau et poinçon (au cas où je croiserais des vampires), mais je n'avais pas pris de pelle. J'ai trouvé un modèle pliable, qui tient dans mon sac. J'ai sorti un des sandwiches que j'ai préparés et une cannette de soda, et je vais reprendre la route. Je devrais être à Portland vers 20 heures.

Maman, fidèle à elle-même, m'a déjà appelé cinq fois. Chaque fois, je lui ai menti. Pour elle, je suis tranquillement assis dans une boutique d'articles de pêche à Skeleton Creek.

Mardi 28 juin, 19h00

Très, très mauvaise nouvelle! Ces cinq dernières années, le mini-van n'a jamais fait plusieurs heures de route d'affilée. Maintenant, je sais pourquoi. Parce que c'est un tas de ferraille. Non seulement il pue l'essence, mais me voilà coincé dans une station-service, à une heure de Portland. L'employé m'a fourni quatre bidons d'huile en me disant:

— Le réservoir fuit, mais la réparation vous coûterait deux fois ce que vaut cet engin.

Il m'a conseillé de m'arrêter tous les cent miles pour rajouter de l'huile, et de m'attendre à tout instant à tomber en panne.

J'avais bien besoin de ça!

J'ai essayé d'appeler Sarah, lui ai envoyé un texto; elle est en cours. Tout ce que j'ai reçu d'elle, c'est ce message vers 16 heures: «Me suis fait remonter les bretelles, j'éteins mon portable. Reste calme! Suis injoignable jusqu'à 20 heures.»

Génial.

Mardi 28 juin, 20 h 30

Recharge d'huile et pause pipi. Dernier arrêt avant Portland. L'odeur d'huile me donne envie de vomir. À moins que ce ne soit nerveux.

Il va faire nuit dans une heure.

Au moins, maman ne m'appellera pas pendant un moment, elle est au concert.

On se console comme on peut.

Mardi 28 juin, 21h50

Conduire dans les embouteillages est plus difficile que je le pensais. Enfin, je suis encore entier, et j'ai réussi à faire un créneau: trois places libres à la suite, ça aide, mais au moins, je suis garé.

Il faut à présent que je sorte de cette bagnole, et je ne suis pas sûr d'en être capable.

L'huile goutte sur la chaussée. Dans ma tête, je l'entends siffler en touchant l'asphalte chaud.

Je n'oublierai jamais cette odeur.

Mardi 28 juin, 22h15

Sarah m'a appelé, sinon j'y serais déjà. Sérieusement, je l'aurais fait. De toute façon, il fait nuit, les souterrains sont fermés. L'heure à laquelle j'y descendrai importe peu. Pourquoi ne pas attendre minuit, pour rendre l'aventure encore plus effrayante? Tant qu'à affronter mes pires peurs, autant aller jusqu'au bout.

Elle m'a encouragé à sa manière, en pariant sur le ton de la plaisanterie que je rentrerais à la maison sans même avoir mis les pieds dans les souterrains.

Je vais devoir y pénétrer par effraction. Le réseau de galeries appartient à la municipalité. Il y a des visites organisées, mais sûrement pas au milieu de la nuit. Et il vaudrait mieux que j'agisse sans témoins...

Mardi 28 juin, 23 h 53

Après être resté un bon moment dans ma voiture, j'ai marché le long des quais à la recherche des entrées indiquées sur le plan. J'ai vite compris que ce n'était pas l'endroit idéal pour se promener la nuit. Je croisais de drôles d'individus, passais devant des bars louches. Et, bien entendu, tous les accès étaient ou fermés ou condamnés. Je n'ai plus qu'une solution : attendre demain pour participer à une visite guidée.

Si quelque chose d'important est caché dans les souterrains, je vais avoir du mal à l'en extraire discrètement.

Mercredi 29 juin, 2h00

De pire en pire. Plus ça va, plus je me dis que j'ai commis une grave erreur en venant ici. Après avoir déplacé le mini-van pour le garer dans un parking réservé aux camions, et être allé manger des crêpes dans un restaurant ouvert toute la nuit, j'ai décidé de remettre de l'huile dans le moteur. Cherchant un chiffon pour essuyer mes mains graisseuses, j'ai ouvert la boîte à gants. Ce que j'y ai trouvé m'a coupé le souffle. Je me suis assis sur le siège, assommé.

Il y avait un petit appareil allumé, que je n'avais encore jamais vu : un GPS.

Une seule explication : mes parents l'ont placé là pour vérifier que je ne quittais pas la ville. Je sais comment ces trucs fonctionnent : on peut me localiser à distance.

J'ai l'impression de me noyer.

Ils savent où je suis et ce que je fais.

Maman le sait ; elle le sait depuis le début. Sans doute est-ce pour cela qu'elle insistait tellement au téléphone : « Où es-tu ? Que fais-tu ? »

Combien de fois lui ai-je menti, alors qu'elle fixait son petit écran vert, à l'hôtel, sachant pertinemment que je n'étais pas à la boutique?

C'est un désastre.

Dans l'espoir peu probable qu'elle n'ait pas encore regardé son boîtier, j'ai éteint celui de la voiture.

Le mensonge engendre le mensonge. Quand on a mis le doigt dans l'engrenage, on est entraîné, jusqu'au bout.

Mercredi 29 juin, 10h00

La première visite des souterrains débute dans une heure. Avec un peu de chance, je serai de retour à Skeleton Creek avant la nuit. Une panne, une crevaison, et je suis dans le pétrin. Papa va chercher maman à l'aéroport à 20 heures. C'est à une heure et demie de route. Il faut que je sois rentré à 21 heures 30 au plus tard.

S'ils ont découvert à quoi j'ai occupé ces deux jours, on va avoir une joyeuse conversation !

Écartons cette idée jusqu'à ce que j'aie achevé ma mission.

Souterrains de Portland, me voilà !

Mercredi 29 juin, 13h12

Horreur! Horreur! Horreur!

IL ÉTAIT LÀ.

Je n'ai pas le temps d'en écrire davantage, il faut que je roule, sinon je ne serai jamais rentré à l'heure.

Je suis mort de peur.

L'impensable s'est produit. Au moins, je peux puiser un peu de réconfort dans mon journal, puisque je suis à l'arrêt.

Je suis vidé. Rouler quatorze heures avec des pneus lisses, ce n'est pas recommandé.

Je suis en train de perdre un temps précieux, coincé à Pendleton. Par je ne sais quel miracle, mon pneu avant droit a éclaté en haut d'une pente, et j'ai pu me laisser descendre jusqu'à une station-service. Le garagiste m'a traité de crétin pour avoir fait cent mètres avec un pneu à plat. C'est incroyable le ton que les adultes se permettent d'employer avec les jeunes! Si le pneu n'avait pas commencé à sortir de la jante, j'aurais démarré en faisant hurler l'asphalte sous mes roues. Non que le mini-van de ma mère soit capable d'une telle prouesse, mais l'imaginer m'a fait du bien.

Quatre-vingt-douze dollars et une heure d'attente, voilà ce que ça va me coûter. Il me restera à peine de quoi payer mon essence jusqu'à la maison.

Sarah sait, je lui ai tout raconté. Elle s'est prétendue malade, aujourd'hui, et elle est restée dans sa chambre pour être là si j'appelais. C'est une amie, une vraie. Je n'ai pas su rester ainsi à ses côtés pendant son long voyage solitaire. Elle comprend à présent ce que je ressens quand elle s'embarque dans de folles entreprises. C'est pire que de le faire soi-même, m'a-t-elle dit. Pour la première fois, on a échangé nos rôles, ce qui nous a encore rapprochés.

J'ai filmé des bribes de mon éprouvante visite des souterrains avec mon portable. Je suis passé dans un cybercafé pour envoyer les vidéos à Sarah avant de regagner le mini-van au pas de course. Puis j'ai quitté Portland et j'ai foncé sur l'autoroute. Je ne sais même pas ce qu'on voit sur ces images tournées dans l'ombre, je n'ai pas encore osé les regarder. Elle, elle saura en tirer le meilleur parti pour les mettre sur son site. Elle s'est inquiétée pour moi, elle a eu peur. S'occuper de ça va lui changer les idées.

Je voudrais n'être jamais allé dans ce recoin de tunnel.

Mercredi 29 juin, 16h23

Quand on est sous terre, peu importe qu'à l'extérieur ce soit le jour ou la nuit. Il fait froid, des ombres dansent dans la faible lumière, et on se demande comment on va sortir de là si ça tourne mal.

Je me suis arrangé pour quitter le groupe quand j'ai compris où j'étais d'après le plan. Personne n'a remarqué que je m'étais esquivé. La galerie dans laquelle l'Apôtre m'envoyait m'a rapidement amené dans un secteur bardé de panneaux « Interdit aux visiteurs ». Les galeries rétrécissaient, la lumière était quasi inexistante. J'ai sorti ma lampe torche de mon sac. Le plafond était de plus en plus bas. Au bout d'un moment, je n'entendais même plus la voix du guide, et j'avançais courbé comme un vieillard.

Je me suis perdu dans ce labyrinthe de couloirs, seul dans le noir.

Croyais-je.

Assis devant la station-service, sur un trottoir tiédi par le soleil de juin, je viens enfin de faire défiler sur le petit écran de mon portable les images que j'ai filmées, et je suis rassuré sur mon état mental.

Le fantôme de Joe Bush était bien là. Ce n'était pas une hallucination.

Il était accroupi dans l'ombre, le visage dissimulé sous son chapeau. Il a levé la tête pour me parler. Sa voix avait quelque chose de poussiéreux, comme s'il n'avait pas bu une seule goutte d'eau depuis des années. Et, si je ne m'abuse, cette créature est décidément bienveillante. Le fantôme veut m'aider. Me protéger.

Impossible de parler de tout ça à mes parents, aux flics ou à qui que ce soit. Sarah et moi devrons nous débrouiller seuls.

Or, si j'en crois le fantôme, on est en danger. Parce que cet autre individu, le Corbeau, ne rigole pas.

Apparemment, on l'a contrarié, et il nous en veut à mort. Que j'aie trouvé ce que je cherchais dans les souterrains de Portland n'arrange sans doute pas les choses. Je n'en écrirai pas davantage dans ce journal, tant que je ne serai pas de retour sain et sauf à Skeleton Creek. Dès que mon pneu sera réparé, je devrai rentrer à la maison en vitesse si je ne veux pas être consigné dans ma chambre pour le restant de mes jours. Inutile de me leurrer. Si mon père sait ce que j'ai fait, je pourrai dire adieu à ma petite vie tranquille.

Sarah vient de me laisser un message. Elle a déjà eu le temps de travailler sur les images que je lui ai envoyées. Encore une fois, elle a bien choisi son mot de passe : « magic 8 ball » est ce jeu censé répondre à toutes les questions et prédire l'avenir. Si ça marchait, ça nous serait bien utile...

J'ai hâte d'être chez moi pour voir ce que ça donne sur sa vidéo.

sarahfincher.fr
Mot de passe :
MAGIC8BALL

Mercredi 29 juin, 22 h 10

Une crevaison et des litres d'huile plus tard, me voilà enfin devant la maison. Malheureusement, je ne suis pas le seul à être de retour : la camionnette de mon père est garée dans l'allée.

Je me sens mal, mal, mal. Je ne me suis jamais senti aussi mal.

J'aurai à peine franchi la porte que mon ordinateur et mon portable me seront confisqués, c'est sûr et certain. Un dernier texto à Sarah, et l'heure sera venue d'affronter le sermon qui m'attend.

« Rentré sain et sauf. Espère vérifier ce que j'ai trouvé avant une heure, mais n'aurai peut-être plus de téléphone. Sois patiente ! »

Allez, j'y vais !

Jeudi 30 juin, je ne sais pas quelle heure il est et je m'en fiche

J'ai revu les images que j'ai filmées dans les souterrains. Ce que Sarah en a fait est impressionnant. Mais il s'est passé tant de choses depuis mon retour qu'il me faut tout de suite les mettre par écrit pour ne rien oublier.

Quand je suis rentré, mes parents ont poussé de hauts cris, mais pas ceux auxquels je m'attendais. Ni engueulade, ni confiscation, tout le contraire. Ma mère m'a longuement serré contre elle, répétant combien elle était désolée de m'avoir laissé seul à la maison. Mon père m'a pressé l'épaule, les larmes aux yeux. Je n'avais pas imaginé qu'ils s'inquiéteraient à ce point. La vérité, c'est qu'ils ne se sont pas encore remis de mon accident à la drague.

Pour la première fois de ma vie, j'ai ressenti une émotion plus forte que la culpabilité : le remords. Mon père et ma mère m'ont élevé de leur mieux, mais ils doivent se considérer comme les parents les plus nuls du monde. Des parents dont le fils ne cesse de se mettre en danger ont forcément raté son éducation, non?

Les retrouvailles terminées, le bâton s'est enfin abattu, et on m'a répété que, décidément, on ne savait plus quoi faire de moi. En punition, mon père a décrété que je devrais travailler à la boutique sans salaire autant d'heures que je l'ai laissée fermée multipliées par dix. (Selon son raisonnement, on a raté beaucoup de ventes pendant que je me baladais sur les routes.)

Pour assurer ma défense, je n'avais pas d'autre choix: je leur ai raconté ma virée à Portland. D'ailleurs, comme la nuit où on a découvert l'or de la drague, je n'aurais sûrement pas pu aller seul au bout de cette affaire. Je n'ai pas tout dit, mais j'en ai dit une bonne partie. Bien sûr, j'ai passé sous silence le périple de Sarah. J'ai réduit mon aventure aux seuls faits qu'il me fallait absolument partager, à savoir:

1) J'ai trouvé un message codé à la drague et n'en ai parlé à personne. (Presque vrai.)

2) J'ai perdu ce message, je ne peux donc pas le montrer, désolé. (Faux, sauf si on considère que « caché sous mon matelas » équivaut à « perdu ». Mais pas question de montrer le rébus à qui que ce soit : je dois le garder en sûreté.)

3) D'après le message, quelque chose de très important était caché à Portland, c'est pourquoi j'ai dû m'y rendre. (Pas faux.)

4) J'ai découvert ce que je cherchais, et ça m'a ramené à mon point de départ : Skeleton Creek.

5) Le Crâne est une société secrète bien plus ancienne et mystérieuse qu'on l'imaginait. Ses membres dissimulaient des objets volés. J'ai probablement mis la main sur l'un d'eux.

Ce dernier point a aussitôt éveillé la curiosité de mon père :

— Qu'est-ce que tu as trouvé ?

Je devine ce qu'il avait en tête : « La dernière fois que mon fils a mis la main sur un truc, ça valait quarante millions de dollars. » Se voyait-il déjà en train d'agrandir la boutique ? Je ne saurais le dire, mais il me regardait d'un autre œil. Ryan McCray, le garçon qui a sauvé la ville, a fait une nouvelle découverte. Ça méritait d'être examiné.

Il était déjà 22 heures 45 ; néanmoins, j'ai déclaré :

— Il faut tout de suite en parler à Gladys Morgan.

— À Gladys ? Pourquoi ? s'est étonnée maman.

— Elle a les clés de la bibliothèque, et j'ai besoin d'y entrer.

Papa avait déjà sorti son portable. Il m'a jeté un regard qui signifiait : « De quoi d'autre as-tu besoin, fils ? Tu n'as qu'à demander ! » C'était bizarre, mais ça m'a donné l'audace de poursuivre.

— Il va me falloir un pied-de-biche et un gros marteau. Une hache pourrait être utile aussi.

— Chérie, va chercher les outils, a dit mon père, et il s'est mis à feuilleter l'annuaire de Skeleton Creek (une brochure très mince, en vérité) pour trouver le numéro de Gladys.

La bibliothécaire a répondu, et c'était du plus haut comique. Papa a dû éloigner le combiné de son oreille ; d'où j'étais, je l'ai entendue rugir : « Ça ne va pas, non ? On ne tire pas les gens du lit à une heure pareille ! »

Mon père lui-même a pouffé.

On a remonté Main Street avec notre attirail. Je portais la hache, maman était chargée du pied-de-biche, et papa tenait une masse. On avait l'air d'un gang en route pour un casse nocturne. Je nous imaginais marchant au ralenti, comme dans les films, et cette image m'a fait sourire.

Si notre appel avait inquiété Gladys Morgan, elle a failli s'étrangler en nous voyant avec nos armes.

— Vous n'entrerez pas ici avec une hache et un marteau ! Pas question !

Debout sur les marches, le moment était venu que je lâche quelques bribes d'information.

— Madame Morgan, ai-je dit, votre bibliothèque renferme quelque chose de très important. C'était déjà là longtemps avant votre arrivée, et ça vaut largement quelques lames de plancher arrachées.

Gladys nous barrait le passage de tout son large corps. Elle lançait des regards désespérés à mon père, pensant manifestement que j'avais perdu la tête. Impossible de la faire bouger. Papa a dû appeler le maire pour lui expliquer la situation. Blake est un oiseau de nuit et l'homme le plus opportuniste que je connaisse. Qu'une chose de valeur soit dissimulée dans la bibliothèque, il ne lui en fallait pas plus ! Le bâtiment appartenant à la municipalité, il en possède les clés. Cinq minutes plus tard, il était là.

Gladys a attendu sur le seuil, trop bouleversée pour approcher, tandis que la hache défonçait le parquet. Quand il s'agit de casser, papa est assez doué ; il a vite eu raison des premières lattes. Le maire a alors joué du pied-de-biche, arrachant planche après planche. Quand l'ouverture a mesuré environ un mètre de diamètre, on s'est tous agenouillés pour regarder au fond.

Il y avait là une énorme malle, trop grosse, semblait-il, pour être déplacée. Mais, l'adrénaline aidant, le maire de Skeleton Creek et le propriétaire de la boutique de pêche l'ont soulevée et déposée au milieu de la bibliothèque en un temps record.

Quand ils l'ont ouverte, une profonde déception s'est affichée sur leur visage. Mon père m'a regardé comme si je venais de ruiner la famille. Le maire a blêmi. Non seulement il avait détruit un plancher en excellent état, mais cela allait certainement lui attirer en plus les foudres de notre irascible bibliothécaire.

C'est Gladys qui m'a sauvé.

J'ai sorti de ma poche une enveloppe de même taille et de même couleur que celle que j'avais ramassée à la drague. Celle-ci était cachée dans les souterrains de Portland depuis Dieu sait quand. J'ai pris le papier qu'elle contenait et je l'ai tendu à la bibliothécaire.

Un X désignait l'emplacement sur le plancher, suivi de ces mots : « Bibliothèque Jefferson, 287 volumes. »

Le regard de Gladys est passé du papier à la malle, puis de la malle au papier.

Je suis prêt à jurer qu'elle a manqué de défaillir et de tomber dans le trou béant creusé dans le plancher.

Elle a pris un livre – en parfait état –, puis un autre, et encore un autre. Elle a caressé leurs couvertures en cuir de ses doigts noueux.

Le maire, sentant que rien n'était perdu, a risqué une question :

– Vous allez m'assommer, Gladys ?

Elle n'a pas répondu. Je ne saurais dire combien de temps elle est restée silencieuse. Enfin, elle a souri. Je ne l'avais jamais vue sourire. C'était le sourire d'une amoureuse des livres, qui vient de mettre la main sur un exemplaire d'une valeur inestimable.

Les membres du Crâne avaient brûlé la maison de Thomas Jefferson. Ils avaient tenté à plusieurs reprises de l'acculer à la faillite. Ils n'avaient pas eu raison de lui. Mais il y avait une chose qu'il aimait plus que tout, et ils le savaient : ses livres. La bibliothèque de Jefferson est finalement devenue la première bibliothèque du Congrès des États-Unis. Or, à ce jour — presque deux cents ans après —, il manquait 287 ouvrages. Les exemplaires les plus précieux de cette collection de 6 047 volumes n'avaient jamais été retrouvés.

Jusqu'à cette nuit.

Sarah et moi avons sorti de leur trou les livres perdus de la bibliothèque de Thomas Jefferson, cachés depuis tout ce temps sous le plancher de notre modeste bibliothèque.

Personne n'aura jamais vu de bibliothécaire plus rayonnante que Gladys Morgan cette nuit-là.

Lundi 4 juillet, 12h14

Pouvait-il y avoir un meilleur jour pour révéler notre découverte au reste du monde? Je ne le pense pas. Aujourd'hui, jour de l'Indépendance, le maire a tenu une conférence de presse sur le perron de la bibliothèque. Gladys et moi étions à ses côtés, face aux caméras de télévision. Non seulement Skeleton Creek a abrité une drague hantée emplie d'or, mais notre petite ville abritait aussi la collection de livres la plus recherchée de la nation. « Un trésor sans prix », a souligné le maire.

Les ouvrages seront rendus à la bibliothèque du Congrès, et le trou creusé au milieu de la salle de lecture de Main Street demeurera béant. La hache qui a brisé les planches et le pied-de-biche qui les a soulevées resteront là où ils ont été utilisés. Ce lieu deviendra, avec le temps, aussi important que la maison de la Cloche de la liberté à Philadelphie ou que la Piste de l'Oregon qu'empruntaient les pionniers : une attraction touristique que toute famille américaine voudra voir au moins une fois dans sa vie.

Le maire a l'art de se faire mousser, ce qui, paraît-il, est une qualité pour un homme politique. Il va certainement remporter sans peine les prochaines élections.

J'étais ennuyé pour le plancher de Gladys, mais ça n'avait plus l'air de la perturber. Sa bibliothèque sera bientôt transférée dans un autre bâtiment, et on lui accordera un vrai budget pour acheter des livres. Il y aura peut-être même des ouvrages numériques et des ordinateurs.

Une seule chose m'inquiétait, tandis que les gens se pressaient sur les marches pour me serrer la main. Certes, on a résolu une énigme majeure et on a rendu à la nation un trésor resté longtemps perdu. Mais ça ne change rien au fait que Sarah doit retourner chez elle, à Boston, dans une dizaine de jours. Ni au fait que le fantôme de Joe Bush m'a remis une deuxième enveloppe, dans les souterrains de Portland. Une vieille enveloppe brune aux coins abîmés.

Dedans? Un autre rébus.

Au lieu d'une tête de mort, il représente un corbeau noir.

On a quatre nouveaux lieux à visiter, que je n'ai pas eu le temps d'identifier. Bizarrement, je n'ai pas encore averti Sarah. Je voudrais qu'elle se repose un peu de tout ça, qu'elle se consacre à son stage. Je me suis contenté de lui raconter la folle nuit dans la bibliothèque. Sa réaction ne s'est pas fait attendre :

Ryan,

J'aurais payé cher pour voir la tête de Gladys quand vous avez défoncé le plancher de la bibliothèque. Cette découverte me laisse sans voix. Les livres perdus de la bibliothèque Jefferson ! On est forts, quand même ! J'aurais aimé partager les honneurs avec toi. Depuis que la nouvelle a été révélée par la presse, mes parents n'ont plus que ton nom à la bouche : « Sais-tu ce qu'a fait Ryan McCray ? » J'ai très envie de répondre : « Oui, oui, je suis au courant. C'est moi qui l'ai mis sur la bonne voie. » Mais nous savons tous les deux que je ne peux pas dire ça.

Il faut que je lui envoie le Rébus du Corbeau. C'est sans doute elle qui devra mener l'enquête, sur la route du retour.

Elle rencontrera certainement le fantôme de Joe Bush.

Elle affrontera peut-être le Corbeau.

Et on élucidera le dernier secret du Crâne.

Je crois que, quoi que ce soit, c'est là, sous notre nez. Tous les chemins mènent à Skeleton Creek, ça ne fait aucun doute.

Le plus terrifiant? Ce qui va me donner des cauchemars pendant des semaines?

Je sais qui est le Corbeau.

Je l'ai compris cette nuit-là, quand je marchais vers la bibliothèque entre mon père et ma mère, armé de cette hache qui allait ouvrir une brèche dans le passé.

– Fitz n'est pas venu, hier, m'a dit papa. Il m'a fait faux bond au dernier moment. J'étais tout seul pour guider quatre pêcheurs. Ces deux journées m'ont paru les plus longues de ma vie.

Était-ce Fitz qui m'observait, derrière ma fenêtre, la nuit précédant mon départ, cherchant à savoir ce que je mijotais ? Dès que papa m'a parlé de lui, j'ai compris : c'est Fitz qui a placé le GPS dans la boîte à gants. (J'ai interrogé mes parents, et ils ne voyaient pas de quoi je parlais.) S'il n'est pas allé à la rivière, c'est sans doute qu'il a tenté de me suivre sur sa motocyclette déglinguée. J'ai dû le semer très vite et, par chance, j'ai éteint l'appareil ; sinon, je me demande ce qui se serait passé dans les souterrains.

Je n'en serais peut-être pas sorti vivant.

Lundi 4 juillet, 16h00

J'ai pris mon vélo pour aller jusqu'au mobil-
home de Fitz, tout en me doutant qu'il n'y serait
pas. Sa motocyclette n'était pas là, ni le camion
que son père utilise pour transporter le bois.
La misérable caravane était abandonnée, mais,
sur les marches, il y avait une boîte à mouches,
celle que Fitz a toujours dans sa poche de veste.
Je l'ai ouverte, et j'ai trouvé un mot à l'intérieur.

Ryan,

On se reverra peut-être un jour, mais j'en doute. Mon père
m'avait ordonné de te suivre. Il voulait savoir où tu allais.
Si tu trouvais quelque chose, je devais te le prendre et le lui
rapporter. Seulement, ma mobylette n'est pas aussi rapide que
le mini-van de ta mère. Je t'ai perdu en route.

Mon père était fou furieux.

Il a dit qu'on partirait cette nuit et qu'on ne reviendrait jamais.

Il a dit que j'étais la honte de la famille.

Fais attention, Ryan. Tu ne connais pas mon père. Il est mauvais.

Tu l'as fait sortir de ses gonds.

Sois prudent. Je t'aiderai, si je peux. Je trouverai un moyen de te contacter.

Continue à monter des mouches. Tu verras, c'est une question de pratique.

Fitz

Mon père n'est pas le seul à posséder une hache. Il y a aussi un homme des bois, un solitaire, un bûcheron. Le père du seul ami que j'avais encore en ville.

Le surnom qu'il s'est donné: le Corbeau.

Le Crâne a caché trois trésors: l'or de la drague, les livres de Jefferson. Et quoi d'autre?

Quand connaîtrai-je la réponse?

J'ai enfourché mon vélo pour rentrer à la maison, la boîte à mouches de Fitz dans ma poche. Je suis loin d'être hors de danger.

Mon périple n'est pas terminé.

sarahfincher.fr
Mot de passe :
JEFFERSON

SKELETON CREEK

ÉQUIPE DE PRODUCTION :

Auteur du scénario
Patrick Carman

Directeur/responsable des effets visuels et audio
Jeffrey Townsend

Producteur/directeur artistique
Squire Broel

Directrice de la photographie
Sarah Koenigsberg

Maquilleuse/coiffeuse
Amy Vories

Coordinateur des cascades
Joseph Ivan Long

Accessoiriste
Dave Emigh

Second opérateur caméra
Amber Larsen

Assistant(e)s
Peter Means
Nick Brandenburg
Katherine Bairstow

Apparitions
Andrew Latta
Kevin Loomer
Joseph Ivan Long
Ben Boehm
Sarah Koenigsberg
Jeffrey Townsend

Musique/fond sonore
Portfolio Days

Acteurs
Sarah Fincher : Amber Larsen
Ryan McCray : Tom Rowley
Daryl Bonner : Jim Michaelson
Paul McCray : Brian Senter
Gladys Morgan : Pat Yenney
Le pasteur : Ron Davids
L'Apôtre : Eric Rohde
Le Dr Watts : Mark Raddatz

VOIX FRANÇAISES :

Directeur artistique
Raphaël Anciaux

Chef de projet
Julie Cahana

Acteurs
Sarah Fincher : Mélanie Dambermont
Ryan McCray : Bruno Muelenaert
L'Apôtre : Michel Hinderyckx

Adaptatrice
Hélène Dray

DUBBING BROTHERS
THE POST-PRODUCTION CENTER

REMERCIEMENTS :

Miranda Miller et Rella Brown pour les parcs
de l'Oregon et la drague de Sumpter Valley,
Ashley et Brian Rudin, Russ Chandler, Connie
R. Webb, Markeeta Little Wolf, le pasteur Dave
Reed, George Davis et Bob Austin.

Cet ouvrage a été mis en pages
par DV Arts Graphiques à La Rochelle

Achevé d'imprimer chez Rotolito (Italie)
en septembre 2011
pour le compte des Éditions Bayard

Imprimé en Italie
N° d'impression :